U0812279

*我们不是天生的旅行家，*
*但生来就是旅行者。*

*Everyone's a born traveler.*
*We are all born with feet and a heartbeat.*

# 你注定会看见的
# 风景

唐小六／著

中国出版集团 東方出版中心

# 目 录
CONTENTS


**序：**你注定会看见的风景 001

PART 1
## 旅途·上·视界

**西藏，我的人生导师** 003

第一次独立旅行，也许很重要，推开那扇门，另一个奇妙的世界正等着你去探索和拥抱；第一次独立旅行，说来也并没有什么稀奇的，其实冥冥中自有安排，你来到世间，注定要上路的。

**因为山在那里** 015

在瑞士采尔马特，欣赏著名的马特洪峰，你可以选择徒步，可以骑自行车，也可以搭乘齿轨火车，还可以乘坐缆车……这也许正是瑞士旅游业为什么如此发达，又那么能吸引全世界游客纷至沓来的理由——山就在那里，但是你可以有很多种选择。

**巴黎万花筒** 027

海明威说，假如你有幸年轻时在巴黎生活过，那么你以后一生中，不论到哪里，它都会与你同在。我觉得，法兰西的浪漫气质会在你的生命中停驻，影响你，并在之后的漫长旅途中令你久久怀念。

**五渔村，你的呼吸是海** 039

世界上有那么多美丽的海滨，你也许会去这里，去那里，你永远不会满足，太平洋、印度洋，还是爱琴海、地中海？谁知道呢。也许美妙的邂逅在这里，利古里亚海，五渔村。在五渔村，你的呼吸是海。

**瓦拉纳西，左脚地狱，右脚天堂** 051

喜欢印度的人，视瓦拉纳西为天堂，偏爱之。讨厌印度的人，视瓦拉纳西为地狱，对她嗤之以鼻。也许，地狱与天堂的评价，皆不中肯，那不过是一叶障目。惟有——心若莲花，宁静自来。

**佛牙节，康提的狂欢** 061

去斯里兰卡旅行时，恰巧赶上了康提的佛牙节。在这个亚洲最大的宗教游行活动中，看点有很多：内行欣赏的是康提的传统舞蹈，作为外行，数数游“嘉年华”中的大象，也不错。旅行中不期而遇的，往往会变成最大的惊喜。

## PART 2 旅途·中·成长

**计划之外的旅行** 071

一趟旅行是否完美，并不仅仅要看预定的目标实现了多少，还应该看未知的旅途中有多少意料之外的惊喜。

**闯入巴基斯坦“风之谷”** 079

拉卡波希峰脚下，满是盛放的鲜花。藏在深山人未识的“风之谷”总被往来于喀喇昆仑公路上的背包客形容为“住下就不愿走、尚未离开就想念”的地方。

**审美沙漠** 091

沙漠中的日出，是我最喜爱的一种景象。我不止一次地向朋友描述，“破晓”有着怎样深远的涵义。那是一种撕破绝望的力量，给予人无穷的希望。沙漠本身，是一种独特的审美对象。

**在斯里兰卡看海** 103

当你有些厌倦其他国家海滩上到处都是游客的时候，斯里兰卡的海岸线也许可以给你提供充足的选择和享受清静的机会。

**边境奇观** 111

无论是在阿姆利则还是拉合尔，欣赏边境降旗仪式，你所读到的都不仅仅是一场剑拔弩张、激情四射的表演。在其背后，更多体现的是印巴两国的文化渊源和历史纠葛。

**陪妈妈去鼓浪屿** 119

对妈妈来说，去哪里旅行并不重要。真正使她开心的是，这样的旅行是在儿子和儿媳的陪同下完成的。她能因为我们的快乐而由衷感到快乐。那么，陪伴她，她的快乐是否也就是我们的快乐？

PART 3

# 旅途·下·回归

**出埃及记** 129

如果旅行不仅仅只为了沿途的风景，还在于发现那个真实的、最好的自我，那么毫无疑问，特殊时期的埃及之旅让我遇见了一个镇定、坦然、勇敢的自己。

**一封寄给阿里大叔的信** 141

何谓人生的意义，何谓幸福？此时那些在华屋软榻上歇息的人，比露宿雪山冰川旁的人活得更幸福、更有意义吗？世界丰富多彩、参差多态，从你待腻了的地方到别人待腻了的地方去，你能生活下去吗？

**重返中世纪** 149

现代和过去自然结合在一起，纷繁的宗教仪式和世俗的生活缠绕在一起，这便是尼泊尔。能够重返中世纪，依然是加德满都谷地的魅力所在。

**寻找米开朗琪罗** 157

想要细细品味的艺术品有那么多，我最渴望寻找的却是米开朗琪罗的印记。从石膏像到艺术品原件，他能带我穿越回童年，回到曾经学画的时光。

**双城记** 165

“凡是遥远的地方，对我们都有一种诱惑，不是诱惑于美丽，就是诱惑于传说，即使远方的风景，并不尽如人意，我们也无须在乎，因为这实在是一个，迷人的错。”那么，熟悉的地方就没有风景吗？熟悉的地方，当真有你以为的那般熟悉？

**骑回 18 岁** 177

经过一轮 12 年的等待，我该启程了，是时候去尝试一下“一直想做而不敢做的事”了，去路上找回我的 18 岁，骑回 18 岁。当我穿越时空，遇见 18 岁的自己时，我便成为自己的偶像。这是一次真正的回归之旅。

**后记** 187

# 序：你注定会看见的风景

我第一次想要去法国巴黎差不多要追溯到1999年，那会儿我在读高二，开始创作小说，以为时髦地写个巴黎的故事就很“牛掰”。一些仅有的认识加想象，莫名其妙地将巴黎视为这生应该去的地方，这就是伪文艺青年以为的“浪漫”。2012年夏天，我终于踏上游历欧洲几国的旅程，巴黎成为了象征性的最后一站。实现一个梦想，我花了十来年时间。

人这一生，有些梦想能实现，有些不能。我并不认为这与一个人的努力呈现多大的关联，事实上宿命论的观点是，那些可以实现的，以及永远实现不了的梦想，都是人生预先写好的剧本罢了。总有些风景你注定会看到，有些则看不到。总有些人你注定会遇到，另一些则擦身而过。

曾经，你以为很了不起的梦想，譬如，“巴黎梦”，在流年蹉跎以后，并没有想象中那么困难。你现在说起这个梦，会被嘲笑的，很难吗？那完全拜成长所赐，就像个子矮的孩子小时候还够不着橱柜上的玻璃糖罐，但是等你长大了，你就有足够的实力和能力了，只是未必你还惦记着那罐糖果。这是现实与梦想的一种关系，只是命运在设计这剧本的时候就为你埋好了伏线。

如果我在少年时代没有画过那些素描，我是否依然对文艺复兴时期的几位大师的杰作兴趣盎然呢？我花了很多时间在罗马、佛罗伦萨寻找“米开朗琪罗”。我在小时候画大卫雕像的时候，一定没有想过有一天我真的可以那么近距离地欣赏大理石的原作；我在写有些幼稚的小说《我用这双眼睛对你撒谎》的时候，我一定也想不到我真的坐上了“子弹头”从日内瓦去到了巴黎。我感谢命运的伏线，它让梦想有美妙的首尾呼应。

可是世界上还有一些地方，并不是你从小就期望去的，它们未尝不会带给你惊喜。利古里亚海有多么湛蓝？她第一次让我知道什么叫做“词穷”。在抵达那片海域之前，我在比萨斜塔前纠结了很久，我得感谢自己没有错过一次正确的选择。可是如果命运没有眷顾我，让晴朗深海“刺瞎”我的双眼，我还会向你推荐世界遗产“五渔村”吗？那剧本的创作者终究不是我本人。

我多么依赖旅行的运气，我从不讳言。去巴基斯坦和印度旅行，看起来是出于文化的选择——我沉溺于喜马拉雅喀喇昆仑文化圈，但这喜欢又不是天生的。最初我也只是想多看几眼雪山。后来我才发现“跨文化”的乐趣所在，如果你不把那些国家联系起来阅读，你看到的历史将有多么“碎片”。在路上，我看到的不仅仅是绝美的风光，她帮我很好地理解了藏传佛教、印度教和伊斯兰教。我得再一次感谢剧本创作者。

看起来，你要去哪里，甚至你想要去哪里，出自你个人的意识和选择，可是冥冥中的安排，无论是童年时埋下的伏线还是转角遇到的“爱”，早就超越了你自以为的“理性分析”、“感性直觉”。像我喜欢的《分开旅行》唱的那样，“我选择去洛杉矶，你一个人要飞向巴黎，尊重各自的决定……”我无法合群，当你们飞向温暖海岛度假时，我却想一头扎进纯白的雪地里。

描摹剧本，书写人生。

没关系，你注定会看到绝美的风景——只属于你自己的风景。

唐小六

2014 年 2 月 22 日

PART 1

# 旅途·上·视界

你不出去走走，

可能会以为眼前即全世界。

踏上旅途的那一刻，

你便拥有了新视界。

# 西藏，我的人生导师

第一次独立旅行，也许很重要，推开那扇门，另一个奇妙的世界正等着你去探索和拥抱；第一次独立旅行，说来也并没有什么稀奇的，其实冥冥中自有安排，你来到世间，注定要上路的。

这世上有两种旅人，去过西藏的，和想要去西藏的。“西藏，一块孤独的石头坐满整个天空，没有任何夜晚能使我沉睡，没有任何黎明能使我醒来。”[1] 去西藏旅行的又可以分为两类——一种是去过西藏一回后就不打算再去了，那只是旅行清单上被轻轻勾去的一笔，一尝夙愿，可能却从未抵达；另一种是去过西藏之后，就上瘾了，会一遍又一遍地去西藏，或想要再去，仿佛那里是精神家园，西藏在生命中烙下印记，时时撩拨，永难熨平。那么，你会是哪一种？

## 第一次去西藏，18 岁

一个人和一座陌生的城市，抑或是和远方的风景相遇实际上是一种缘分。你怎么会确定第一次是造访拉萨，而不是乌鲁木齐？虽然文化品位、兴趣习惯决定了大致的方向，但真正把我带上旅途的还是命运。

很多年过去了，我仍然会梦见 18 岁的自己，如果有什么值得感激的，我不得不感谢 18 岁时把自己抛上神奇旅途的决定。我不记得从什么时候起，“拉萨”在中国地图上散发出吸引我的舍利子般的光芒。18 岁那会儿，我正在念高三。高考前，我对所有的朋友说这个梦想。尽管大多数人都不认为我真的会去实践这个梦想，他们更多地以为，这孩子一定是被高考压力给逼疯了！还有，十几年前人们意识中的偏见与无知也成为莫大的干扰。有一个朋友的妈妈当时这样劝我的母亲：“西藏，那地方多么遥远、落后、荒芜呀，有啥好玩的？那里有水有电吗？通公路吗？有房子住吗？都是吃生牛肉的吧？天啊——你可千万不能让你儿子去西藏！”你看，主观的幻想就像一头吃人的野兽，让人畏惧。那时候的西藏确实远离我们的文化视野，旅游业也不如今天这么火爆。如你所知，强势文化对弱势文化的偏见随处可见。如果有疑虑，不妨翻一翻罗伯特·路威的《文明与野蛮》，现代化城市里的人们就一定很有文化吗？有时候，我更愿意把大城市看做一口井，即使坐拥信息时代的各种便利，这里面坐井观天的仍是“井底之蛙”。这也许就是我第一次去西藏的原因——大城市也会产生知识的狭隘，如果你不愿意走出去看一看，你对很多东西感觉不证自明、毋庸置疑，如果你始终处在自认为强势文

1 海子的诗《西藏》，作于 1988 年。

拉萨布达拉宫

我（左二）18 岁初次去西藏时，在藏民家中做客

四川稻城亚丁

藏民族心中的圣湖——纳木错

通往珠峰的“面条路”

化的世界里，那么事实上，你根本不了解世界。或者换言之，你所认识的只是你主观臆断和建构出来的世界。

我记忆犹新。18岁时，我身上揣着十分微薄的盘缠，一半来自积攒的稿费，一半来源于母亲的资助，就那样懵懂地上路了。那会儿高考刚结束，我等不及考分出来，考试完的第二天就去买了前往青海省省会西宁的火车票。那时候不可能“坐着火车去拉萨”，铁轨的尽头只到达青海省格尔木市。我甚至并不清楚具体线路究竟应该怎么走，口袋里揣着一张从《新民晚报》上剪下来的“青藏公路”简介，就晃晃悠悠地上路了。

我人生的很多个第一次都源于这次旅行，第一次独自去遥远的地方，刚开始的时候忐忑不安，甚至一律拒绝与陌生人说话，觉得所有的路人都对我别有用心，不懂得怎么与人相处；第一次过海拔5231米的唐古拉山口，第一次感受高原反应、头昏脑涨，第一次坐长达33个小时的长途汽车，受尽旅途的折磨；第一次独自面对未知的挑战、障碍，解决衣食住行并平平安安地回家；第一次遇到一些了不起的人物——70岁的老大爷是骑自行车去拉萨的，他的衣服上有“广西独老翁，单骑闯神州”这么一行字，我至今难忘。还有用间隔年来旅行的各路达人……这让我真正体会到了，山外有山，天外有天，人外有人。实现梦想，需要勇气。如果你不迈出第一步，一切都是惘然。

18岁的西藏之旅，让我主动去接触世界——拥抱那个神奇的、充满了魅力的世界。我在那时拉萨的旧民居前敲门，迎接我的是陌生却热情的微笑。这次旅行震撼我的不止有湛蓝的天空，还有淳朴美好的人性。18岁的我也交出了一张令自己能够满意的试卷，一张不在考场上，而是在路上的答卷。我是在抵达布达拉宫、大昭寺时完成了真正的“成人礼”。我把口袋里的钱花到一分不剩，足足差了50元机场建设费，多亏了好心人无私的帮助才使我顺利登上了回程的飞机。那个夏天，我看到了不同的人生，不同的人们的生活方式，我自然而然地会反思，为什么藏族人如此热爱生活？人们有时候会戏谑，有信仰的藏族人是在生活，他们是真正的富有，而很多大城市的人们只是在过活，是真正的贫穷、一无所有。那一刻，我的宇宙观和价值观渐渐成熟起来。

第一次独立旅行，也许很重要，推开那扇门，另一个奇妙的世界正等着你去探索和拥抱；第一次独立旅行，说来也并没有什么稀奇的，其实冥冥中自有安排，你来到世间，注定要上路的。

这便是我当时的感觉，人生总要上路，上路是为了认识世界，这也应了古人的话，读万卷书，行万里路。中国传统文化，读书与行路，两者是相辅相成的。阿兰·德波顿写过一本《旅行的艺术》，他提及，虽然在阅读中也能完成某种旅行体验，但不上路仍然有些遗憾。在我看来，阅读就是旅行，旅行也是一种阅读。我们为旅行着迷，因为旅行能表达出紧张工作和辛苦谋生之外的另一种生活意义。

西藏，是我的人生导师，她对我说：上路吧，孩子，那是你走向成熟的必由之路。于是旅行成为我生活的一部分，十几年过去了，我依然在路上。

## 第二次去西藏，21 岁

时光没走几年，我又返回了西藏。在念大学的时候，我就发现，18 岁那年虽然身体回到了城市，但我却把灵魂落在了西藏。2004 年，我 21 岁。大学三年级夏天的暑假，我与学校的一位老师和一位同学结伴踏上了“青藏线”的道路，去拉萨看望一位正在西藏志愿服务的学长。

此时，青藏铁路的建设如火如荼，但尚未贯通。我几乎沿着曾经走过的线路，从青海辗转而至西藏，再一次造访西宁的塔尔寺，再一次翻越七月里鹅毛大雪的唐古拉山口，再一次回到布达拉宫的脚下。拉萨加快了城市化建设的步伐，很多“藏漂”如同“北漂”一般来到西藏谋求发展。旅游业的日渐繁荣让自治区首府充满了朝气和活力。城市化逐渐消解了拉萨与内地大城市之间的区别，商场、快餐店、酒吧……应有尽有——你能想到的，你在其他城市能购买到的，在这里同样能获得满足。

然而，这并不代表西藏，拉萨、布达拉宫只是一个信仰的标志。仿佛天安门广场、长城之于北京的意义，可是并非所有的藏族人都上过布达拉宫，他们更多地聚集在红山脚下、大昭寺前，五体投地、顶礼膜拜。我追随我的学长前往与拉萨毗邻的西藏“小江南”林芝，在他的工作地住了一阵子。他的办公地就在圣湖巴松错前。面朝雪山，春暖花开。临湖而居，赛似神仙。我们几个想表达羡慕的心情还来不及，他却诉说了烦恼。所谓的“风景”，看似是你们从一个“活腻了”

古格王朝遗址

小昭寺的清晨

青藏高原上常见的野生动物——藏原羚

虔诚的信徒们在大昭寺内转经

的地方，来到别人“活腻了”的地方。如果你始终以为“风景在远方”、在那些不熟悉的地方，西藏当然会带给你新鲜感。“风景”不是天然存在的。天然存在的不是风景，只是瑰丽的大自然。“风景”的出现，源于有了欣赏风景的人[1]——那些生命的禁区，在被赋予了美学欣赏价值之后变成了“风景”。所以，一些旅行者可以短期地来到西藏观光，但未必足够深入，不用说在这儿待上一年半载或是经年累月扎根工作。很多游客都会去位于当雄的“西藏第一圣湖”纳木错游览，那里如今已经是颇为成熟的景区了，你会为“天湖”所震撼，但未必有毅力像藏族同胞那样转山转湖，未必能理解他们的虔诚……倘若不能感受自然环境的恶劣险阻，也就无法深刻理解藏民族的宗教信仰——他们对草原、对苍穹的感情，对藏传佛教和历史文化的继承。在文化上，我们只是一群“围城”外的旁观者，浅薄得很。

西藏，是我的人生导师，她对我说：你所热爱的，不该只是符号化的“西藏”，而是生活的、世俗的“西藏”。旅行的意义，不在于目的地本身，而在于旅途，你需要沉浸在漫长的整个过程中。因为，别忘记，人生就是一场旅行！

1　这个观点来源于柄谷行人的作品集《日本现代文学的起源》（生活·读书·新知三联书店，2006）。

## 第三次去西藏，25 岁

2008 年，我第三次踏上西藏之旅。这一次与我结伴一起上路的，是我的新婚妻子小麦。我俩选择将成都作为起点，经由川藏线进入西藏，再由新藏线出藏。25 岁时，我的理想是跑遍西藏。当更多的游客听着 MP3、哼着小曲，轻轻松松一圆西藏梦时，我们却放弃了最便利的交通工具——火车，将不同交通工具的变换当做旅行的乐趣。

川藏线被《中国国家地理》誉为“中国人的景观大道”[1]——东西汉藏、南北羌彝，无分尊卑、多元一体，倘若乘坐飞机，2 小时的航程如何能概括景观大道的雄浑与优雅？川藏线上没有固定的班次，我们差不多以省际班车、租车和搭便车的方式链接，花了一个多礼拜才到达拉萨。这一路上，康定、理塘、稻城亚丁、芒康、左贡、邦达、八宿、然乌、波密、林芝，每一处都有一处之风景，每一处都有一处的人文价值。说实话，哪怕跑上一个月都不过分。不要因为行走的匆忙，反而忽略了沿途最美的风光，这是得不偿失的。

在拉萨短暂停留之后，我们租了一辆越野车一路向西。我们沿途经过碧蓝的羊卓雍错，探访了“英雄之城”江孜、后藏中心日喀则，在世界第一高峰珠穆朗玛峰脚下的绒布寺宿营；我们一头扎进了素有“世界屋脊的屋脊”之称的阿里，那里人迹罕至却是野生动物的天堂，神山冈仁波齐同时被藏传佛教、印度教、耆那教、苯教等多个宗教奉为宇宙的中心，转山香客从世界各地涌向这座冈底斯山脉的主峰。而沧海桑田的扎达土林的那一隅，古格王朝的遗址屹立于阿里荒原的夕阳中，有着说不尽的前世与今生。我们从喜马拉雅山一直走向喀喇昆仑山与帕米尔高原，在山的另一面有尼泊尔、印度、巴基斯坦，它们都构成了后来我一一造访的原始诱惑。我们驰骋在世界海拔最高的公路“新藏线”上，在奥运会开幕之前，沿“丝绸之路”最终抵达了乌鲁木齐。

第三次西藏之行，耗时一个月，跨越四川、西藏、新疆三省区，行程超过 6000 公里。

西藏，是我的人生导师，她对我说：你看过了许多美景，看过了许多文化，

1 景观大道实际为 318 国道，起于上海，止于西藏樟木口岸，而川藏线是其最重要、最经典的一部分。

你迷失在地图上每一道短暂的光阴里，也许你终将学会以迁徙的视野去看待各民族的生活现实，习得跨文化的能力。

## 第四次去西藏，26 岁

青藏线起于青海西宁，止于拉萨；川藏线起于四川成都，止于拉萨；滇藏线起于云南昆明，在进入西藏界后与川藏南线汇合，止于拉萨；新藏线起于新疆喀什，止于西藏阿里噶尔（狮泉河），再通达拉萨。这几乎是传统意义上最为人熟悉的国内四大进藏线路。除此之外，还有一条“中尼公路”，连接西藏拉萨与尼泊尔首都加德满都，是一条名副其实的跨国公路。

第四次西藏之行，我们把足迹一直延伸到了加德满都。

尽管每一次回到拉萨，我总会去拍一拍布达拉宫广场的晨曦，去大昭寺或小昭寺听一听清晨喇嘛们的晨诵，或是在八廓街喝一杯酥油茶，看游人如织，感受热烈的阳光，或者沉浸在西藏博物馆补一补“文化”。赶上“雪顿节”就去看哲蚌寺、色拉寺的展佛，在宗角禄康看藏戏。还有许多不知名的小寺庙、小巷子，我有足够的时间和足够多的目的地，以此等待从罗布林卡路上的尼泊尔驻拉萨总领事馆获得尼泊尔旅游签证。

我们总是在旅途上遇见目标相同的旅人，结伴而行，有了越来越多的朋友。四驱车再一次带我们经过日喀则，经过定日、聂拉木，擦肩珠峰和希夏邦马，看过更多无名的雪山，一直把我们送到樟木口岸，送到友谊桥边。回首 18 岁时初次来到西藏，整整过去了 8 年，而前面要翻开的，又是旅途崭新的篇章。

西藏，是我的人生导师，她对我说：你永远不用担心下一站的目的地，因为只要你在路上，你就会发现，天底下尽是你没有走过的道路，你要去的地方还有许多。你走得越远，未知的、好奇的就越多，想要走得更远，就会走得更远。

川藏线巴塘“眼镜湖”

有朋友问我，你还会去西藏吗？我说，会啊！当然。第五次去西藏，我会骑着单车去世界第三极——我不知道我还会去几次西藏，具体什么时候去，但一定还会去。我和自己有这样的约定。

有一年，我在巴基斯坦旅行时遇见一位资深旅游达人，他跟我说，他几乎跑遍了西藏的每一个县，已经去西藏17回；我还遇见过一个摄影师，他已经连续6年伏在西藏进行摄影创作，对他来说，那里有源源不竭的灵感和回报。

西藏，就是这么一个精神家园，她的深厚与博大，怎么会因为你一次简单的造访，就轻易被参透？青藏高原，仍然是地球上充满了神秘感的旅行目的地之一。那里的纯净——自然的纯净、信仰的纯净、人性的纯净、相对的纯净，一直启发、洗礼着每一个“围城”外的拜访者。

你会去西藏几回？也许，你还未曾去过西藏吧！如果你已准备好上路，那么，让我们一起双手合十，面带微笑，道一声“扎西德勒”吧！

# 因为山在那里

在瑞士采尔马特，欣赏著名的马特洪峰，你可以选择徒步，可以骑自行车，也可以搭乘齿轨火车，还可以乘坐缆车……这也许正是瑞士旅游业为什么如此发达，又那么能吸引全世界游客纷至沓来的理由——山就在那里，但是你可以有很多种选择。

“因为山在那里”是著名登山家乔治·马洛里的名言，当记者问他为什么要去攀登珠穆朗玛峰时，他就是如此回答的，并且一去不返。尽管我们大多数人这一生都不可能去攀登一座雪山，但能近距离欣赏一下雪山也不错。今天依然可以借用乔治·马洛里的话，“因为山在那里”——山是岿然不动的，你注定要去拜访的雪山，一直在静候着你。

## 山在那里，SWISS 标志

红色的冰川快线（Glacier Express）从铺满霞光的布里格（Brig）火车站 12 号站台驶出。玻璃窗外是一派和谐的田园风光，那些被斜射夕阳染得金黄的小木屋星星点点布在山坡草坪上，缓缓向后退去。一日之中，我变换了三座城市——威尼斯、米兰、布里格，只是为了奔向一个目的地：拥有著名雪峰“马特洪”的瑞士小镇采尔马特（Zermatt）。

瑞士是典型的坐落在阿尔卑斯山区的国家，雪山资源丰厚，少女峰、铁力士山都极具知名度，然而钟爱雪山的我还是选择了马特洪峰，她那极具个性的角锥

冰川快线

Hotel Derby

上山方式之一——搭乘缆车

阿尔卑斯山前的幸福一家

在马特洪峰下徒步的老夫妻

形山尖堪称瑞士的标志，多年以前我从照片上见她第一眼，便被深深吸引。我换了三趟列车，迫不及待地想立刻就赶到马特洪峰的山脚下，于是在时间上冒了一次险。

火车在晚上九点抵达采尔马特小镇，几乎在同时，盛夏的太阳彻底沉入了地平线。没有事先预订住宿的我和妻子小麦拖着行李箱开始“艰苦”地找寻落脚点。采尔马特是著名的旅游胜地，原先我可没担心过找不到住所，这里几乎清一色“三星”级以上的酒店在街道两旁排列开来，理应有充裕的选择。然而风险在于我毫不知情，悠闲的瑞士人下班可早得很，许多酒店前台已经没有工作人员了。而旅游胜地也果然名不虚传，仍在提供前台服务的酒店则大多告诉我客房已满，或者房价过高令我们无法承受。

幸好我还有永不言弃的“好心态”。转了一圈后，我们在火车站不远处找到一家“Hotel Derby”。这家三星级酒店的前台是位大叔，他幽默地说道：“只剩下一间客房咯！你们真幸运，我给你们个最优惠的价格！”

180 瑞郎一晚（约合人民币 1200 元），还奢求什么，赶紧住下来洗洗睡吧。

## 山在那里，请徒步去

清晨，我在 Hotel Derby 醒来。天空蔚蓝澄净，空气异常清新。站在阳台上深呼吸，不远处就是马特洪峰的角锥形山尖，山就在那里。昨夜竟然没有注意，原来这还是“雪山观景房”。天上已经飘起滑翔伞，而楼下三三两两的徒步爱好者已陆续开始健行了。

徒步健行是瑞士人最热衷的一项活动，也是亲近大自然的最佳途径，甚至早已成为一种生活方式。早餐后，我们整理了一下行囊，到前台获取徒步信息。那儿有个电子屏正滚动播放着马特洪峰地区各景点的风速和温度，服务真是够人性化的。前晚当班的大叔换成了一位漂亮姑娘，她把采尔马特马特洪峰地区的地图交到了我的手上，“Have a nice trekking！”她祝我们徒步愉快，脸上洋溢着热情的笑容。

出门沿班霍夫街向南，这一时刻几乎所有的游客都朝着马特洪峰的方向前行。山就在眼前，感觉并不遥远。马特洪峰并没有所谓的“景区概念”，事实上对游客来说，最大的消费支出正是你不远千里而来的交通费用，以及你在采尔马特下榻酒店的食宿开销。这里没有景点门票一说，也不用缴纳“进山费”。瑞士政府对环保十分重视，从距采尔马特五公里之外的泰施（Tasch）开始便禁止任何机动车辆进入。

近距离欣赏马特洪峰的方式有很多，乘小火车、缆车或者骑自行车、徒步健行，完全凭个人喜好。各种路牌标示清晰，常常精确地告诉游客从某一点到另一点徒步需要几小时，再加上手中的导览地图，根本不用担心是否会迷路。而如我所见，大多数游客还是选择徒步健行，无论男女老少，大多孜孜不倦地享受着徒步的乐趣。徒步是最佳的选择，你有的是时间，不需要多花一分钱，徒徒步、发发呆、看雪山——这才是在瑞士度假的节奏。当然，很多游客也都是有备而来，他们背着旅行包，双手拄着登山杖，慢悠悠地行走在徒步小径上，享受着美好的风景和时光。

很多游客都给我留下了深刻的印象。有上了年纪的老爷爷、老奶奶，他们步伐坚定地走在我们前头，那背影真让我感动；有全家一起上路的，哥哥、弟弟、妹妹互相提携，甚至老爸老妈背上还背着个小 Baby，其乐融融；还有独行的徒步客，有宠物狗一路相伴，人和宠物一起徒步去看雪山，究竟是人更快乐还是狗更幸福？

从海拔 1620 米的采尔马特镇到海拔 1867 米的富利（Furi），海拔缓慢上升。告别酒店建筑群密集的小镇，我们完全投身到大自然的怀抱中。穿过森林，爬上草甸，阳光热烈，微风拂面，雪山像一块巨大的冰淇淋召唤着我们前进。路过一些休息的驿站，在直饮水点灌上一些清冽的泉水，啜上两口，顿感冰爽沁肺。

累了，就躺在草甸上晒一会太阳。饿了，就从包里拿出番茄、面包。不远处的草坪上一家五口正在野餐，我们用眼神互相交流了问候与快乐。心灵在这一刻完全飞了起来，眼前看什么都是美的。路边的小花开得繁盛，远处冰川的冰舌在阳光的折射下闪闪发亮。我们绕着马特洪峰行走，她的角锥造型也慢慢发生细微的变化。走了一个大“之”字形，看到标示指向著名的黑湖（Schwarzsee），那时已经是午后两点。在海拔 2500 米左右的高度，无论是马特洪峰还是阿尔卑斯山的其他诸峰，都能一览无遗了。夏季的黑湖并不黑，更像是一块绿宝石。湖边，在进入瑞士之后我们第一次遇到来自中国的游客，一位妈妈带着自己的孩子正在用矿泉水瓶捞湖里的小鱼。她们是乘坐缆车上来的。我们问她感觉如何，她说风

清晨读报的老人

里弗尔湖，雪山倒影

坐齿轨火车上山，看小镇和马特洪峰

景不错，缆车一会儿就能上到最高处的小马特洪峰滑雪场。我说，为什么不徒步呢？可以看见并感受到更为震撼的风景。这位妈妈说害怕孩子走不动。我突然意识到这就是我们的家长与西方家长的一大差异，甚至是我们很多人观念的自我约束——在还没有尝试之前就作了否定判断。其实孩子往往精力充沛，比起缆车，令他们兴致勃发的吸引点多得是。大自然就是这样奇妙，你不付出一些体力的代价，也就会失去从另一种角度欣赏美景的机会。

在湖边休整了很长一段时间之后，我们决定到更高的 Trockener Steg 看看马特洪峰的另一面，然后再下山。考虑到下山要花上山一半的时间，为了不落在山上过夜，往上的一段我们也尝试了一下缆车。瑞士人下班很早，缆车停运也早，黑湖已经停止向上的售票。但工作人员还是非常好心地让我们免票上了缆车，并提示我们到 Trockener Steg 补票。真得感谢他对我们的信任，事实上山顶根本就没有人管理出入口。补票的时候，窗口的大叔问我，不买一张返程票直接回采尔马特小镇吗？我说不了，看完风景我们走下山去。他好心地提醒我们，加油哦，下山大约要走三个小时，还给我们指了一条较近的徒步道。

山顶更冷一些。我们披上了冲锋衣。饱览风景后，下午五点，我们开始返程。

欢送我们返回采尔马特的朋友出现了——那是两只阿尔卑斯羱羊。据说整个阿尔卑斯山区，这种珍贵的野生动物的数量也不超过3万头，能够近距离看到它们，运气可谓是相当好呢。其中一只羱羊还很好奇地站在岩崖上瞅了我们半天，似乎它并不怕生。我们一边下山一边向它挥手告别。

## 山在那里，坐齿轨火车去

第一天的徒步花了差不多有十个小时，休息一宿，再次来到阳台上，看见仍然是碧空如洗的蔚蓝天空时，你会怎么想？会急着离开吗？会有犹豫吗？不，当然是继续留在这世外桃源中享受马特洪峰带来的乐趣。

是的，我们决定继续上山。这回换另一条经典线路，稍轻松一些。在采尔马特火车站对面的 Gornergrat 齿轨火车站购票上山。到了采尔马特如果不乘坐一次齿轨火车，可能会是不小的遗憾。从 1989 年开始，这条铁路就成为众多游客上山的第一选择，它也是瑞士境内第一条电气化的齿轨铁路，并且是全欧洲海拔最

齿轨火车

高的露天齿轨火车线路。乘坐这种环保的交通工具上山，隔着玻璃窗就能欣赏马特洪峰的各个角度。我们并没有买到终点站，而是在之前一站的 Rotenboden 下来，因为我们有针对性地选择了里弗尔湖（Riffelsee）这个景点，她比之前我们千辛万苦跋涉去看的黑湖面积更大。里弗尔湖正对着马特洪峰，角锥形雪峰倒映在湖水里，构成了一幅完美的对称图景。

有趣的是在拍摄马特洪峰和里弗尔湖的时候，我们正遇见一个摄制组在这里录制节目。外景主持人对着摄像机镜头侃侃而谈：“在我身后就是著名的马特洪峰。很多游客慕名而来，而上山的方式有很多——你可以选择徒步，可以骑自行车，也可以搭乘齿轨火车，还可以乘坐缆车……”这也许正是瑞士旅游业为什么如此发达，又那么能吸引全世界游客纷至沓来的理由——你可以有很多种选择。拥有丰富的自主选择权，无论是对于旅行，还是生活，都是至关重要的事，不是吗？

好奇张望的阿尔卑斯羱羊

阿尔卑斯是座年轻的山脉，单从海拔高度来说，最高峰勃朗峰都远不是喜马拉雅和喀喇昆仑那些世界级山峰的对手，后两者孕育并囊括了全世界所有14座海拔超过8000米的高峰。而马特洪峰的海拔高度不过4478米。为什么她能吸引那么多雪山爱好者呢？高纬度和独特的地理构造让这些海拔三四千米的山峰终年积雪，但这并不是最重要的原因。马特洪峰徒步难度小，适合各种人群。在这里，你很轻松就能找到喜欢瑞士的理由——无论是硬件还是软实力，她都不曾让你失望。阿尔卑斯徒步——既有雄浑壮美的自然景观，又有各种完备的配套设施，在细微处还彰显着瑞士人的人文关怀和个性化贴心服务。人与自然，科技与自然完美、和谐共处大概便是人类发展的终极目标吧。

整个下山的徒步时间大约也在三个小时左右。从高台草甸下降到森林河谷，我们看到越来越多的美丽的小房屋。我的摄影主题也从雪山变成瑞士人房屋前的各种美丽花卉。瑞士人会享受生活，也很懂生活。初到瑞士时，我们乘火车看见路边的自动洒水机不断喷射着，就已经感受到瑞士人对园艺的热爱。他们种各种各样盛开的花卉，将家家户户点缀成了“爱丽丝仙境”。

浓浓的生活气息，让游客不舍。若非囊中羞涩，能够待上好一阵子，那自然是极好的。

全球气候变暖，有预言说到21世纪末，大部分的雪山或将消融。如今，山还在那里，那么，你去，还是不去？

# 巴黎万花筒

海明威说，假如你有幸年轻时在巴黎生活过，那么你以后一生中，不论到哪里，它都会与你同在。我觉得，法兰西的浪漫气质会在你的生命中停驻，影响你，并在之后的漫长旅途中令你久久怀念。

巴黎，应该是我们最熟悉的城市之一，时尚之都、浪漫国度，谁不知晓巴黎？毋庸置疑，“Paris”就等同于迷人的“浪漫”字眼。打开电视，翻开杂志，总能见到她的身影。在全球化和交通日渐便利的今天，我们的身边已有无数人去过，或者正想要去那里。回顾我的学生时代，那时候能说出的时髦理想之一，便是有朝一日能去往巴黎。在那创作激情高昂的年代，我早已在自己的小说中光临这座城市，在雨果的著作中领略她的风采；巴黎，也是我们最陌生的城市——越负盛名的地方其实越陌生。尽管对埃菲尔铁塔、凯旋门、巴黎圣母院、荣军院和圣心堂这些地标建筑早已耳熟能详，但幻想永远是幻象，在没有触到真实的巴黎之前，我始终相信我与她距离遥远。她像神奇的万花筒，三棱镜折射出美妙的光环——内容丰富、光彩夺目，令你眼花缭乱，一次怎么看得够？

在日内瓦坐上从贝尔格莱德开来的 TGV 高速列车，本次列车终点——法国巴黎，梦想成真的一刻来了。不是一直说要去巴黎吗？这心情，好像我已经整整期待了一个世纪。

## 凯旋门，胜利凯旋的现代意义

从巴黎繁忙的里昂火车站出来，我们搭乘地铁一号线前往凯旋门车站。住宿的酒店 Hotel Stella Etoile 就位于这么一个绝佳的地理位置，这也是我在几个月前就预订下送给妻子小麦的“礼物”——把在巴黎的时光当做“蜜月”来度过，很多人都有这样的梦想。酒店距离凯旋门不过 200 米，站在与卧室相邻的阳台上，就能将凯旋门和香榭丽舍林荫大道尽收眼底。

如你所知，凯旋门是巴黎最优渥的地段之一，星型环岛散射出 12 条大道，气势恢弘。这一天恰好是 2012 年 8 月 13 日，注定是值得纪念的日子。傍晚五点的光景，我们在酒店安顿好，便来到凯旋门广场，广场上聚集了很多游人。嘿，难道是罢工、游行？我正纳闷呢，香榭丽舍大街上警车开道，紧随着三辆大巴士缓缓开了过来。原来前一天 8 月 12 日是第 30 届夏季奥林匹克运动会在伦敦落下帷幕的日子，这一刻，法国奥运代表团的健儿凯旋归来了。三辆大巴车顶载的正是这些运动员。

头一辆车上显然是金牌获得者，后面一辆车是银牌的，最后一辆是铜牌。人群随着“奥运英雄”的归来而欢腾，爆发出热烈的掌声。而车上的运动员们也举起胸前的奖牌，或者挥手向人群示意，或者拿起手机和DV记录这一时刻。

这正是现代凯旋门意义的最好诠释。这些在奥运会上为国争光的勇士胜利凯旋了，整整绕行凯旋门一周。法国队在本届奥运会上总共获得11枚金牌、11枚银牌和12枚铜牌，奖牌榜上位列第七。但运动员脸上洋溢着幸福的笑容，每一个都像是冠军，都是“王者”。现场的互动气氛热烈，很多在场的市民高举双手，竖起大大的“V”字。1836年建成的凯旋门早已不再是拿破仑纪念战争胜利的专属，而被不断赋予了新的现实意义，成为大众的精神寄托。

从日内瓦开往巴黎的TGV高速列车

凯旋门浮雕

## 埃菲尔铁塔，转角遇见“老朋友”

从巴黎的一个象征到另一个象征——凯旋门至埃菲尔铁塔，散步走过去吧，近得很。在巴黎旅行，也许是我们在欧洲时最休闲的一段。我们不用去赶这里或者那里的景点，只是随心所欲地闲逛。时间则凝固在那里，塞纳河畔，不紧不慢，必须的。铁塔作为1889年的世博会杰作曾是人类建筑史的高度标尺，要知道在它之前，第一高的埃及胡夫金字塔已经屹立了千年没有被超越。而现在，纵使人造建筑的高度纪录一再刷新，“埃菲尔”仍别有深意地站在那里，全世界为之瞩

凯旋门

夜幕下亮灯的埃菲尔铁塔

“老佛爷”商场内景

目。欣赏埃菲尔的角度仁者见仁、智者见智，似乎在城市的各个角落都能一眼望到它。而我们，也并未在铁塔底下久留，而是徜徉在巴黎左岸的文艺气息里，竟然偶然遇见了一位“老朋友”。

在离铁塔不远的巴黎第七区哈柏大道的一个拐角上，我们遇到一家主营可丽饼（Crepe）和意式三明治 Panini 的小店，名叫“CREPE'S KING”，店主是个巴基斯坦青年。这让我们大为惊奇，不仅因为巴基斯坦与中国的特殊关系——被誉为全方位、全天候的好朋友、好兄弟，还因为之前一年的夏天我们才刚去过巴基斯坦，在那儿旅行了一个月，这让我们很快与巴基斯坦青年一见如故，聊了起来。当我从手机里翻出在伊斯兰堡、拉合尔拍的照片时，这位在国外多年的“老巴”倍感亲切。这哥们是典型的性情中人，他仅象征性地收取我们这顿晚餐的餐费，省去了所有的零头，并且表示作为中国人民的朋友，一定要送我们一份“礼物”。他回到厨房里忙碌了好一阵，为我们打包了两份“免费的”Panini——“你们可以将它当做明天的早餐。”

我顿时感动得泪奔，难道这哥们开店纯粹只是副业？环顾小店，四周插满了许多国家的小国旗，其主业似乎是结交来自世界各国的朋友。“我这还没有中国国旗，我一定要去找一面插上。”他快乐地与我们合影，“我要把照片传到 Facebook 上去。”这个性实在叫我喜欢。

巴黎街景

巴黎圣母院

## “老佛爷”，中国人的“血拼天堂”

翌日，巴黎的雨日。我们决定去“老佛爷”逛逛。

将“Lafayette”翻译成“老佛爷”的人简直就是天才。如你所知，诞生于1893年的“老佛爷”百货，也真算得上老字号了，不过真正为了她摧眉折腰的还是购物达人们，尤其是热爱血拼的女士们。那里简直就是中国旅行社带团的主要目的地，据说去“老佛爷”的人比去埃菲尔铁塔的人还多。

有数据表明，“老佛爷”百货50%的营业额来自外国游客，其中中国游客消费排名第一，人均消费1000欧元。有些售货员每天80%所接待的都是中国人。[1]我的现场感受是，中国人在这里哪是在购买“奢侈品”，分明是在“拣白菜”啊！鉴于来此地的中国人那么有钱，出手那么阔绰，“老佛爷”百货的各大柜台还专门配备了中文导购。那边浪琴手表、天梭手表柜台前挤着几个旅行团的中国老太太，嗓门特别大：“看，这里的机械表一点也不贵啊，才400欧，好便宜啊！”天梭柜台前是个法国帅哥，不太能说中文，冷不丁冒出一句：“你们Chinese……牛逼！”老太太被这突如其来的一句“洋泾浜中文”噎着了，在那里嘀咕：“这小伙子尽不学好。”老太太们的“围攻”让法国男柜员难以招架——他希望大家排着队来，并且一次只从柜台拿两块手表出来展示，他开始时还有条不紊的，但几个回合下来就变得手忙脚乱、焦头烂额、汗水淋漓了。他不得不向柜台内的一位亚裔女营业员求救，直呼着“头晕”躲到一旁休息去了。

小麦顿时没有了买东西的欲望。这里的中国顾客，尤其是被旅行团领来的，总是来去匆匆。打包、付款、提货、退税……办理退税的部门都为中国人开设了“绿色通道”。呵，你看，谁是谁的老佛爷？“老佛爷”是顾客的老佛爷，顾客也是“老佛爷”的老佛爷，女人是男人的老佛爷……这话是不是有些拗口呀？

## 巴黎圣母院，真正的城市中心

这一天最美妙的时光不在“老佛爷”，而是雨过天晴的傍晚，我们在巴黎圣

1　参见《有一种GDP叫中国游客》（载《新周刊》2012年8月第1期）。

卢浮宫夜景

母院邂逅了一场神圣的弥撒仪式。游客与作弥撒的队伍被分成两路引导进入圣母院中。那一刻，肃穆、庄严。你静下心来，耳边传来天籁般的声音，你凝神欣赏，圣母院的墙壁处处是岁月的华美雕饰。

当年维克多·雨果在参观巴黎圣母院时，无意在石墙上发现来源于古希腊的单词“ἈΝΆΓΚΗ”，意为“命运”，产生灵感写下了不朽的经典名著《巴黎圣母院》。现在虽然已遍寻不到那个单词的印迹，但它早已深深烙印在了我的心里。命运总是有意或无意把你带到这里或抛向那里。命运注定这一天我们会把足够多的时间留给圣母院，留给西提岛。

《蒙娜丽莎的微笑》

《萨莫色雷斯的胜利女神》

巴黎圣母院

巴黎圣母院外墙浮雕

巴黎圣母院是一座典型的哥特式建筑教堂，建成于 1345 年。而这里就是传统的巴黎市中心的位置。其所在的西提岛正是巴黎的发源地，如今衡量全法国公路里程的“零公里”就在这里。

我们散步至西提岛以南，找到朋友推荐的餐馆“L'Hostellerie de l'oie qui fume”，享受地道的巴黎美味。马路边，街头艺术家们正在表演着各自的绝活。日落后，我们绕着圣母院又走了一圈，在长椅上休息。在静谧与安详中，似乎可以穿越时空与历史对话。

## 卢浮宫，艺术的殿堂

巴黎的大中轴线（Grand Axis）穿城而过，最后停在了卢浮宫。没有哪个景点像卢浮宫那样更值得花费些心思和时光，很多游客买了“多日票”，要分好几回进去细细品味。

第一次抵达卢浮宫是晚上，尽管每周三有夜场可以参观，我们并没有立即进入这座“宝库”。夜访卢浮宫，始终会让我联想起电影《卢浮魅影》。我们从巴黎圣母院出来，沿着塞纳河畔悠闲地走到卢浮宫的一侧，从方形中庭来到贝聿铭的杰作——地上玻璃金字塔主入口。夜晚的卢浮宫广场上并没有多少游人，显得格外宁静，适合情侣们谈情说爱。我们还为一对韩国与美国的异国情侣拍摄了合影。

第二天，我们早早地进入卢浮宫“寻宝”。

卢浮宫有“三宝”，乃是大名鼎鼎的《米洛斯的维纳斯》、《萨莫色雷斯的胜利女神》、《乔贡多夫人》（即达·芬奇名画《蒙娜丽莎的微笑》）。当然，还有其他诸多珍品，细细欣赏，若想观全，真要花上一星期的工夫。

地下一层可谓艺术品饕餮的“开胃小菜”，主要讲述卢浮宫的历史。除了中世纪时期卢浮宫的城壕，给我印象比较深刻的是叙利亚馆的几件大型雕塑，以及转入地上一层时古埃及的拉美西斯二世坐像。地上一层法国人用“0层”来表示，主要集中了古埃及、古罗马、古希腊、伊特鲁利亚及古代中东的文物，还有16至19世纪的意大利雕塑。重量级的展品《米洛斯的维纳斯》就在这一层。离维纳斯不远还有米开朗琪罗的杰作，两尊奴隶雕塑——《被缚的奴隶》和《垂死的奴隶》。这些石头在伟大的雕塑家手里，变得栩栩如生，有了灵气和生命。通往二层的台阶上有《萨莫色雷斯的胜利女神》雕像。雕塑因发源于希腊岛屿萨莫色雷斯而得名。

二层的“万国大厅”永远人满为患。没错，这里有最著名的《蒙娜丽莎的微笑》吸引了全世界的目光。其对面的另一幅名作《加纳的婚礼》反而变得乏人问津。“蒙娜丽莎”被罩在防弹玻璃之中。前面围着栅栏，还有很多工作人员把守。想要看到达·芬奇的真迹，必须花些力气，你不得不在人群中挤来挤去。好不容易等到你来到前排，看上一会儿，工作人员就会“赶”你离开。其实这幅画在你脑海里已经停留了太久，你用肉眼并不能分辨所谓的“真迹”与“赝品”吧。

再往上，每一件油画都不容小觑，几乎皆出自名家之手。可是我已经眼花缭乱，消化不良了。只能对照着中文版的《卢浮宫博物馆导游图》把重点推荐的画作找了一遍……

被围观的维纳斯

巴黎，我觉得我在这里的时间还远远不够。

海明威说，假如你有幸年轻时在巴黎生活过，那么你以后一生中，不论到哪里她都会与你同在。我觉得，法兰西的浪漫气质会在你的生命中停驻，影响你，并在之后的漫长旅途中令你久久怀念。

你不得不承认，有时候，旅行就像是美丽的梦境。可巴黎不单单是梦，她比梦更美丽。如果你到过巴黎，就不曾离开，因为回忆鲜活地醒着。

# 五渔村，你的呼吸是海

世界上有那么多美丽的海滨，你也许会去这里，去那里，你永远不会满足，太平洋、印度洋，还是爱琴海、地中海？谁知道呢。也许美妙的邂逅在这里，利古里亚海，五渔村。在五渔村，你的呼吸是海。

在拥挤的满是旅游团的奇迹广场上看完那因出了严重差错而闻名遐迩的比萨斜塔后，我和妻子小麦乘火车前往拉斯佩齐亚。这一路上几乎再难听闻无所不至的熟悉的国人的声音，咸湿的海风告诉我们离大海越来越近了。在自动售票机上，我笨拙地打上“Monterosso”的英文字样，拿到2张票。乘坐这一段火车的感觉就如同我们在城市换地铁上班一样方便、快捷。倏忽之间，便身在五渔村的其中一座——唯一拥有海滩的蒙特罗索（Monterosso）。

## 五渔村，童话中走出的小镇

来不及奔向蔚蓝的利古里亚海，先找一家旅馆安顿下来，就到了意大利人的晚餐时间。小镇街道两旁的餐馆和酒吧热闹而充满了生活的气息，冰淇淋小店里挤满了小孩。棕榈树下，白葡萄酒、佛卡夏（Focaccia）面包，还有各种海鲜令人馋涎欲滴。古色古香的石头房子，大都不过三层楼高，外墙刷成红、粉、绿、黄、蓝。无从考证年代之久远，或是遥想他们的生活方式从17世纪以来经过多少变化，在全球化扑面而来的今天，坐拥悬崖上的无敌观景房已是令人惊羡的幸福。面朝大海、春暖花开，说的不就是这里吗？还有突然掠过我脑海的竟全是宫崎骏的那

街边餐馆

蒙特罗索街头巷尾

些动画电影——《悬崖上的金鱼公主》、《小魔女宅急便》、《红猪》。不可思议，五渔村，就像是童话中走出来的小镇。《孤独星球》（Lonely Planet）[1] 评价这里完全可以作为 17 世纪意大利场景的拍摄地，而联合国教科文组织在 1997 年将其列入世界文化遗产名录，并下达了汽车的禁行指令。1999 年，这里被辟为国家公园。

五渔村 (Cinque Terre)，顾名思义，一共五个渔村。Cinque 的意思是五，Terre

1 Lonely Planet 是世界最大的英语旅游指南出版商，也是全球最知名的旅行出版物品牌，简称 LP。

的意思是土地。利古里亚海岸自北向南，自西向东数过来，分别是蒙特罗索、维尔纳扎（Vernazza）、科尔尼利亚（Corniglia）、马纳罗拉（Manarola）和里奥马焦雷（Riomaggiore）。

火车固然是最为便捷的交通方式，铁轨依山傍海而建，铁龙穿山而过，可真想要饱览五渔村的全景，最佳方式还是到著名的蓝径（Sentirero Azzurro）上走一

五渔村位置示意图

蒙特罗索海滩

蒙特罗索街头巷尾

走，一千多年来连接五座渔村的步道网络成了健行、观景道。可是假如你想一口气走完悬崖上全程12公里的山路，那得有些心理准备。我们在蒙特罗索住下后仔细研究了地图，准备第二天徒步，将五座渔村进行串联。

我们住的是家庭旅馆，坐落在古城小巷中，夜里推开阁楼的窗户，可以趴着欣赏晴朗夜空——翌日果然是个好天气，天空蔚蓝、万里无云。旅馆老板是对热情的老夫妇，提供的自助式早餐是典型的意式风格，羊角面包、煎饼、牛奶、水果和酸奶。老爷子把旅馆电话抄在地图上给我们以备不时之需。徒步正式开始。

和主人一起徒步的小狗

## 徒步五渔村

从色彩缤纷的蒙特罗索的动漫情节中走出来，经过一段碧波的海滩，向南走，就会看见一条正式的徒步道路。在一个简易的收费站花5欧元买张门票或者用五渔村卡（Cinque Terre Card）[1]便可正式走上蓝径——在途经下一个村庄前还会检票，这是意大利极少数必须付费才能入内的道路之一。有人评价这条线路称得上是意大利好到极致的海边徒步路线，门票物有所值。

循着崖道蜿蜒而上，阳光、汗水、海风

1　在五渔村公园信息办公室有售，含几日内无限次免费乘坐城镇火车。

浪漫“爱之路”

还有泥土的味道，开始混合。一边是橄榄树林中的葡萄园，另一边就是湛蓝的利古里亚海。那一抹亮爆眼睛的蓝，深深地透进了徒步者的心里。那是我迄今为止见过的最漂亮的蓝，深沉而热烈，满足了我对大海的所有想象和期望。有人选择在海边晒日光浴，有人选择在海上划皮艇，也有人选择坐游轮出海，更多的人像我们一样跋涉山路，甚至还带上了自家的宠物狗。我们不断地在擦身而过时互相问好，“Ciao”或者“Hello”。

沿着石阶向上爬，你会看见，海鸥在同样的高度掠过你身旁，像是在给人打气。差不多走上一个小时，可以抵达维尔纳扎，这可能是五座渔村中最漂亮的一个，即使在2011年遭遇洪水侵袭以后，也唯有马纳罗拉可与之媲美。徒步在山上你就能远远望见积木似的小镇，游轮正在靠岸。来到港口，我看见海边的洋妞们前赴后继，总是突然间就一头扎进清澈而澎湃的海水中，惹得我和小麦好生羡慕。很多徒步者干脆把泳裤、比基尼穿在身上，徒步到一个村庄，就跳进大海里畅游，这种回归自然的方式，实在Crazy！

实际上，徒步完蓝径全过程需要7–8小时。多数人走完一两个村子就坐火车“逃跑”了。第三座村庄科尔尼利亚建造在山顶，与第四座村庄马纳罗拉之间有长达两小时的盘山道路，跨越两座山头，绝对是“上上下下的享受”。因此无论从两头哪一座村庄——蒙特罗索或里奥马焦雷出发，都很少有人走

转角遇见猫

跋涉山路

科尔尼利亚街景

科尔尼利亚街景

童话小镇维尔纳扎

跳向湛蓝的利古里亚海

到这里。而火车站建在山下，乘坐火车过来的游客依然要费足力气爬上山坡。小镇因此比其他村庄更显宁静。我们正是在这里解决了午餐。午后的小镇上，游客慵懒地坐在铺满鲜花的路边酒吧中喝着冰咖啡。转角就能遇见猫，它们懒洋洋地躺在石板路或台阶上，晒着太阳，任凭你逗弄却不予理睬。

继续上路，去马纳罗拉，要注意看路两旁的指示牌，村子里的岔路极多，不妨多问问当地人哪一条才是徒步道路。穿越树林的时候你只要留意，石头或树上画出的红白相间的横条就是指示。如果你看见越来越多的葡萄园，那么马纳罗拉就不远了。马纳罗拉种植的葡萄比五渔村其他任何一个村庄都要多，用以酿造白葡萄酒。而你在互联网上看见的令人无比惊叹的世界遗产五渔村的照片大多出自马纳罗拉。

马纳罗拉和里奥马焦雷则距离很近，两者链接的道路极负盛名。20 分钟的“Via dell'Amore”是一条坦途，被称为“爱之路”。在游客大量“入侵”以前，这两个村子的青年男女历来都是在这条海边悬崖小径上约会。而现在这段道路也修建得最好，俨然一处旅游景点。日落黄昏，情迷深海。情侣们牵手走过这里，所谓海誓山盟，这里是最好的应景。沿线上随处可见“同心锁”，不知道从什么

“爱之路”上的海边隧道

时候起，意大利人也兴起这种玩法。“爱之路”上有一小段建成了海边隧道，隧道的石墙上倒是他们传统的做法——涂鸦墙，上面也能零星看到几句中文哦！

这样的徒步强度与尼泊尔、巴基斯坦或瑞士阿尔卑斯山的徒步相比，可说弱爆了，因此浪漫的观景才是主要的。我们乘坐火车返回蒙特罗索，说好了晚上要来一顿海鲜大餐庆祝。月台上一对正在亲热的意大利情侣和夕阳构成了完美的剪影——帅哥闭目仰头坐在地上，他的女友站立于身后，双手按摩着他的双肩，轻吻着他的额头……

## 五渔村，新鲜美味怎容错过

连续两晚我们都在蒙特罗索的“IL CASELLO”饕餮，餐馆就建在去往徒步入口的一块海岸礁石旁。在此欣赏海边夕阳很不赖，偶尔火车鸣笛经过时还会来点声音助兴。侍者风趣幽默，忙忙碌碌招呼客人的同时，还不忘来和你拉拉家常。“嘿，你们打哪里来？ Japan？ China！哇哦，真棒！第一次来吧？！”“嘿，又见面了！你一定爱上这里了。这地方，人们来了都不愿意离开。”“喝点什么？来点冰块吧！”先来点餐前酒，当然得品一品这里自制的白葡萄酒，你可以点一杯开开胃。头盘尝尝新鲜的贻贝，主食则是洒上柠檬汁的凤尾鱼、箭鱼或者吞拿鱼料理，抑或是满满一盘海鲜意面。看不懂菜单？没关系，你完全可以将这些交给侍者，让他们向你推荐餐馆里的特色佳肴。利古里亚的美味一定会让你啧啧称奇。

童话小镇维尔纳扎

世界上有那么多美丽的海滨，你也许会去这里，去那里，你永远不会满足，太平洋、印度洋，还是爱琴海、地中海？谁知道呢。也许美妙的邂逅在这里，利古里亚海，五渔村。

这一切皆是大海的赐予。我忍不住想唱歌——你的呼吸是海，沉潜在无尽深邃的蔚蓝里。那一夜，我又趴在阁楼天窗上欣赏漫天星斗，便心生哲学家的疑问。我想这里也曾是拜伦和雪莱心生感慨的地方。旅行的哲学就是人生的哲学。人生最大的遗憾，一是得不到，二是已失去。抑或说得不到你想要的或得到了你想要的，其实结果都一样惘然。五渔村就是这么一个让你为之动心的地方。你以为见到了无敌美景，你以为得到了蔚蓝深海，但你在意大利的假期毕竟有限——你还是得离开。要离开。

但至少，利古里亚海、五渔村留下了我一段美好的回忆。在回忆里，我可以常常回去，呼吸那片海，依然感觉无比舒畅。

# 瓦拉纳西，左脚地狱，右脚天堂

喜欢印度的人，视瓦拉纳西为天堂，偏爱之。讨厌印度的人，视瓦拉纳西为地狱，对她嗤之以鼻。也许，地狱与天堂的评价，皆不中肯，那不过是一叶障目。惟有——心若莲花，宁静自来。

有人说，印度以脏乱差闻名，瓦拉纳西即是典型代表，这儿落后的习俗大煞风景；也有人说，瓦拉纳西是印度最著名的“圣城”，最真实的印度就在这里，虔诚的信仰可以涤荡人的心灵。不到瓦拉纳西，不算去过印度？那么，让我们瞧瞧去。

## 恒河、Ganges、恒河

清晨六点多的达萨斯瓦梅朵石阶码头（Dasaswamedh Ghat）已经显得十分热闹，码头前泊着密密麻麻、新旧不一的小船。船夫们四处招揽着生意。我们租了一条被新漆刷过的乳白色小木船，准备在恒河上作两个小时的漂流。船长名叫“巴布”，他的小船在几个竞争者中脱颖而出，并不完全因为价格上的特殊优势，而是他说“Do you wanna be happy?”——他许诺他的服务能为我们带来更多“happy”。

在一条传闻中污染很甚的河流上，能够获得怎样的快乐？这是我最初的疑惑。瓦拉纳西作为印度神奇的存在，早已声名在外。互联网上盛传过这样的帖子：恒河上漂浮着腐烂的人和动物的尸体，岸边的人们若无其事地刷牙洗脸。恐怖的照片令人反胃，也构成了不少人拒绝到印度旅行的理由。朋友善意地提醒我，哪怕在酒店洗澡都得闭紧嘴巴，沾了印度的水很容易腹泻。对于“地狱”的夸张假想，我并不在意。眼前的景象是最好的证明——薄雾笼罩的淡蓝色宽阔河面上不时有鱼儿从水中跃起，无数江鸥盘旋在一艘艘离岸的小船上面。绿鹭、翠鸟……各种水鸟正在觅食。远处东方既白，恒河破晓，请与圣城瓦拉纳西一同苏醒。一轮红日缓缓升起，送来光亮和温暖，并将恒河水渐渐染成了金黄。这分明是一派优美、宁静的景致。巴布在船上随意吆喝了两声，一群江鸥像是认识老朋友般聚拢到我们的船边，他准备了面包屑，一把撒出去，江鸥们争抢得不亦乐乎。

虔诚的印度教信徒们正从码头和堤岸进入恒河中沐浴净身。无论男女老少，他们将自己浸泡在冰冷刺骨的水中。男人们大多赤身裸体只着一条底裤，女人们则穿着整套纱丽。他们先在岸边祈祷，走进恒河之后似乎还有多重仪式，不断地掬起一捧一捧圣水，或喝上一两口，或沾一些洒在发间，或双手合十祷告，或右手捏指放在胸前，口中念念有词。然后洗脸、洗头，整个没入水中。也有孩子只为嬉戏，鱼贯扎入水中游泳。这就是他们每天早上的必修，如同我们起床后要洗漱、吃早餐一样正常，对他们而言，似乎只有完成了仪式，一天才算真正开始。

1300多年前玄奘路过此地，形容恒河“水色沧浪，波流浩瀚”，“其味甘美，细沙随流”。今天的印度教信徒与他当时的记载几无二异——“就中沐浴，罪衅销除，啜波漱流，则殃灾殄灭，没而死者，即生天受福，愚夫愚妇常集河滨”。[1]这就是印度最传统的一面。这里是印度教三大神祇之一的湿婆神的领地，印度教徒相信这条河是由湿婆神头发上的水滴滴落脚边后汇流而成。因此，他们至今仍相信，在恒河中沐浴净身，可以洗去自己身上的污浊或罪孽。他们还相信，死在这里，便可免受轮回再生之苦，能直入天堂。

尽管河面上并无漂浮的尸体，水色看上去也还清冽，我们还是不敢掬一口恒河水来饮用。绕过河面上点燃的金盏花，巴布把船撑到北面大名鼎鼎的“焚尸河段”马尼卡尼卡石阶码头（Manikarnika Ghat），岸边用做“火葬场”的庙塔早已被熏成灰黑，有一座还斜插在水中。成堆的原木堆积如山——这里确实每天都在不间断地焚烧尸体。焚烧后的骨灰便被直接撒入水中，任恒河水冲向下游——正是这种丧葬仪俗常常为人诟病。然而，这也是印度教的文化所在。对于虔诚的印度教信徒而言，死亡并不可怕，他们把死在瓦拉纳西当做“幸事”，甚至不远千里来到这儿“等死”。在他们眼中，这里不是“地狱”，而恰恰是“天堂”的入口。

## 动物、Animals、动物

我们回酒店准备去屋顶的餐厅享用早餐，却在走进房间的那一刻被吓了一跳。卧房的窗口正扒着一位不速之客。那是一只猕猴，隔着窗栏打量着我们。它表现淡定，对人类并不感到畏惧。过了一会儿，窗口聚集的猴子越来越多，大猴子、小猴子、母猴子……我知道瓦拉纳西有著名的杜尔迦庙（又称猴庙），所以猴子肯定不少。猴子在印度教中有特殊的地位，印度史诗《罗摩衍那》中就记载了大量有关猴神哈奴曼的传说，甚至有孙悟空的形象出自哈奴曼的说法。我们在印度旅行经常会遇见猴子，无论是恒河猕猴还是长尾叶猴，大多数时候它们就往来于

1 参见《大慈恩寺三藏法师传选译》（凤凰出版社，2011）。

恒河畔的翠鸟

清晨，虔诚的印度教信徒在恒河中沐浴

瓦拉纳西恒河畔

恒河日出

自然和人类世界，自得其乐。

在印度的大街小巷中，还可以见到各种各样的动物。除了猴子、猫、狗以外，还有牛、羊、马、猪、大象、骆驼、猫鼬、松鼠、乌鸦、鹦鹉、孔雀和老鹰等。它们大多被认为是印度教中各种神的化身或坐骑，因此受到印度人民的爱戴。对野生动物最好的保护，也许就是不谈什么“保护”，而是平等地对待、与之共处。所有动物中，最常见的当然还是牛。如上所述，瓦拉纳西是印度教三大神祇之一的湿婆神的领地，而神牛南迪乃是湿婆的坐骑，印度人对牛十分崇敬，仿佛每一头牛的背上皆坐着湿婆神，随时在巡视着大地。谁都不敢惹它。

恒河岸边的寺庙

在瓦拉纳西的老城区穿行得格外小心，因为人口密集和道路狭窄，这儿十分拥挤，嘈杂不堪，很多 TUTU 车都走不近热闹的河岸。更有甚者，你经常会看见，神牛横亘在马路中央，挡着人们的去路，它们是导致交通阻塞的一大原因。在“迷宫小巷”里穿行，可要当心脚下有“黄金”——所谓牛屎满地，大抵如此。牛儿们有时在蔬果摊旁拣食嫩叶，有时舔食神龛前供奉的花朵和贡品，有时也可怜兮兮地站在垃圾堆里和野狗争食，更多的时候它们徘徊在小巷和码头前反刍。它们是动物，还是神？它们的头上也被点上了红色的“提拉克”（Tilak），它们被当做神，享受着世俗的时光。不要抱怨神牛挡了你的去路，因为是你闯进了它们的“天堂”。

给瓦拉纳西拥挤的街道“添乱”的神牛

扒着窗栏的猕猴

## 普迦、Puja、普迦

因为堵车和参观鹿野苑的缘故，我们抵达瓦拉纳西的时候已是傍晚。还不及去酒店安顿，我们就被恒河边“夜祭河神”的仪式所吸引了。印度教把向神祇膜拜的仪式称做“普迦”（Puja），这种大大小小的普迦每天日出和日落时都会在恒河边多个石阶码头上演。而每天傍晚时分在达萨斯瓦梅朵石阶码头上演的普迦规模最大、最为壮观。

第二天傍晚，我们早早在达萨斯瓦梅朵石阶码头附近选好位置。六点左右，祭台被早早地准备妥当，供台上铺着金黄色的桌布，鲜花、神像、法器一应俱全。不一会，七名祭司身着统一的服装出场，酒红色的短衫，米黄色的及地长裤，腰间缠绕的长巾搭到肩膀。他们是清一色帅气挺拔、面容俊秀的婆罗门男子。他们面朝恒河，背对着观众，一字排开。祭司点上了香，吹响了海螺，意味着仪式正式开启。人群中寂静无语，空灵的螺声划过天际，仿佛一台盛大的舞剧拉开了帷幕。伴随着乐师的鼓声、琴声和歌声，祭司们分别以五种不同的法器依次向东南西北四个方向顺时针一一拜祭。每一轮的程序大致相同。他们左手持铃轻轻摇曳，口中念念有词，右手则变换着法器，或高举手臂将蛇灯、孔雀羽扇和拂尘在空中挥舞出漂亮的轨迹……

仪式在无神论的我们看来有些冗长、无

普迦中的婆罗门祭司

普迦中的婆罗门祭司

聊，但虔诚的印度教徒们却奉为圭臬。仪式结束后，人们争先恐后地跑上祭台，仿佛那些神器上都有神灵来过，可以沾一点“喜气”。

印度教脱胎于吠陀教，从婆罗门教演化而来，它综合了多种信仰，非常复杂。它崇敬多神，反对暴力和杀生，却实行严格的种姓制度。祭祀活动可以集中在一寺一庙，也可以在家中进行。一些印度教的节日更像是“狂欢”。正如马克思所言：“这个宗教既是纵欲享乐的宗教，又是自我折磨的禁欲主义的宗教。既是林加崇拜的宗教，又是扎格纳特的宗教。既是和尚的宗教，又是舞女的宗教。”[1] 它并不能立刻涤荡人们的灵魂，它不仅仅是一种宗教，更像是一种哲学和生活方式。正因为如此，瓦拉纳西被看成是传统印度社会的一个缩影。几千年传统文化下，印度人的一生似乎都可以在这儿得以概括：晨沐、夜祭，生老病死，转世往生……

1　参见卡尔·马克思《不列颠在印度的统治》一文，作于1853年6月10日。

恒河畔的苦行僧

瓦拉纳西是印度教、佛教、耆那教共同的圣地。这里的穷人自得其乐，如万物生灵自然地滋长，心中开满了花。恒河岸边的苦行僧，有长长的白胡须，就像瓦拉纳西的历史一般长。瓦拉纳西，是丰富性、差异性、不可预知性的代名词，你始终无法预料下一个冲击你眼球的东西是什么。我曾在印度的公交车上看到这么一句话："There are few things in life you are sure about."

——在你的人生中没有什么是确定的。这便是最好的注脚。

当传统与现代碰撞，人们以为地狱和天堂的门同时打开了。在这里猎奇？记录陋习？还是寻找神迹？

其实不然，瓦拉纳西只是一个现实的存在，一个越来越多游客纷至沓来的地方。你理解了瓦拉纳西，便认识了大半个印度。你想在瓦拉纳西，见到天堂，抑或是地狱？

这并不取决于瓦拉纳西，而将由你自己判定！

# 佛牙节，康提的狂欢

去斯里兰卡旅行时，恰巧赶上了康提的佛牙节。在这个亚洲最大的宗教游行活动中，看点有很多：内行欣赏的是康提的传统舞蹈，作为外行，数数游“嘉年华”中的大象，也不错。旅行中不期而遇的，往往会变成最大的惊喜。

斯里兰卡有三座城市不容错过，分别是科伦坡、加勒和康提。前两者面朝印度洋，皆为港口城市，殖民色彩浓重，从建筑风格到文化气质广受葡萄牙人、荷兰人和英国人的影响。而康提则位于岛国中部山区，作为斯里兰卡的文化中心，是其第二大城市。这里风景优美，气候宜人，又是斯里兰卡历史上的宗教中心，是孕育了长达 2500 多年文化的僧伽罗王朝的最后一个都城，保留有大量佛教遗迹——佛牙寺因供奉释迦牟尼佛牙舍利而闻名，成为佛教徒重要的朝圣之地。如果你有幸在佛牙节期间光临康提，你大概会和我一样惊叹，康提可能是斯里兰卡之旅最令人惊喜之所在。

## 一杯红茶，赶上一场“嘉年华”

离开斯里兰卡的“天空之城”锡吉里耶的狮子岩——无论你觉得花 30 美金的门票是否值得，那几乎都是斯里兰卡最出名的一处世界文化遗产，我坐着巴士来到了康提。这是游客们最惯常走的“文化三角”：科伦坡——西古城阿努拉德普勒——东古城波隆纳鲁沃——康提。这其中当然也往往顺道涵盖丹布勒金寺和狮子岩，而圣城康提似乎总以压轴的姿态存在。甚至如果你进一步坐小火车前往努沃勒埃利耶的茶园，都绕不过康提。

我依然记得，那是 8 月 18 日。中午我提着行囊从巴士跳下车时，阳光热烈，康提的街道喧闹非凡，空气中充满了喜庆的气氛。那时候我还不知道，自己赶上了佛牙节的好日子。来到斯里兰卡纯属巧合，原计划这时候我应该正在印度孟买，因此几乎没做功课的我只是准备来康提参观著名的佛牙寺后，去这“印度洋的眼泪”的西南海岸度个轻松的海滩假日。我在康提预订了一晚上的住宿，TUTU 车将我载到了汉塔娜山上。类似我下榻的“Hantana Holiday Resort”这样的家庭旅馆在山上有不少，给人静谧、舒适的良好度假氛围。

在房间安顿好，我便在旅馆点了份简易的午餐。老板热情好客，给我免费泡了一壶红茶。锡兰红茶，飘香世界——这大概是世界上最好的红茶。如你所知，斯里兰卡的红茶出口量高居世界第一。红茶清香甘甜，牛奶和砂糖则是最常见的搭配。斯里兰卡人爱喝红茶，也喜欢用红茶招待远方的客人。我坐在旅馆的院子中，啜饮着红茶，远眺一派湖光山色，时光宁静悠长。我本想待日光偏西后再去参观

世界遗产狮子岩

佛牙寺，但老板告诉我，因为正在举行佛牙节庆典的缘故，佛牙寺将会对游客提前关闭，别去晚了。

“你不知道今天是佛牙节吗？”

“难怪街上这么热闹呀。”

“佛牙节一共持续十天的庆典活动，今天是第七天。下午三四点以后大街上就封路了。”

“那我得抓紧时间下山去咯！您这信息对我来说真是太及时了。”

嘿，一杯红茶的时间，我发现我竟然赶上了一场“嘉年华”——这可能是亚洲最盛大的宗教游行。旅行中的不期而遇，往往就是最大的惊喜，我当然要好好享受了。

## 佛牙节，找个好位置看庆典

山上并没有等客的 TUTU 车，也就几公里的路程，我徒步走了下去。几乎没有什么岔路，就来到了市中心。马路上熙熙攘攘，皆是人群。我朝着佛牙寺的方位闲逛过去，越靠近佛牙寺，人就越多。沿街的很多商铺无论是底楼还是阳台上，都开辟出座位来，还有“黄牛”逮着机会就问我，要不要好座位。下午三点左右我已经在佛牙寺里绕了一圈，大抵了解了宗教游行需要经过哪些主要街道。

“2013 Kandy Esala Perahera (8.11–8.20)”的大幅广告竖在一些酒店和商店的门口。“Perahera”是游行的意思，“Esala Perahera”即指佛牙节庆典。庆典活动每年七八月间新月的时节开始，在月圆之日结束。因此我正赶上了这个好日子，再有两三日，便是“圆月十五”。据说它是由公元前 3 世纪的一种祈雨仪式发展而来。当务之急得找个绝好的位置。临康提湖的主干道两边早已被人们占据，那些空置的座位大多是提供给僧侣和特别嘉宾的。离佛牙寺最近的酒店是皇后酒店（Queen's Hotel），那里的一张观看“演出”的座椅售价高达 1 万卢比，约合 500 元人民币。不想花钱，找个免费的位置也不难，马路牙子上不正挤满了热情高涨的看客吗？他们或许就是康提的百姓，或许是来自四面八方的朝圣者。而我也“入乡随俗”，在皇后酒店门口的马路牙子上与当地百姓一起，席地而坐。

下午四点，我便抢占了这片“福地”，与老老少少们肩挨肩，背靠腿挤坐在一起。卖水果、卖糖果的小贩就从我们伸出的脚丫子上自由地来去，他们叽里呱啦语速

佛牙寺

极快地吆喝着。交通警察则敬业地维持着现场的秩序。听说佛牙节的宗教游行活动，要等太阳完全下山了才会上演。所以，稍安勿躁，耐心等待三个小时以上吧。拿起手机玩自拍？可以跟身边的康提小伙伴们一起合影嘛。

我问父母带着两姐弟的一家人："你们每天都来看这演出吗？"

"是啊，差不多每天都过来看。"

"这场宗教游行一定很壮观。"我充满了期待。我们还互留了姓名，斯里兰卡人对汉语也颇感兴趣，让我为两个孩子的名字音译写成中文留作纪念。

## 赏舞蹈，数大象

傍晚六点左右，公路上早已不见汽车的踪影。庆典仪式的各项准备工作已经就绪。洒水车将路面清理得干干净净，"壮劳力"们则在每一段路上堆起一些椰子壳。这些椰子壳之后将成为夜晚整个活动中火把的补充燃料。

七点半左右，"演出"正式开幕。甩鞭的使者在空中划响礼炮，"玩火者"紧随其后。他们有的把火圈套在脖颈上，甩出光环，有的则像杂耍一般将火把舞出火轮状。"玩火"的既有戴着棒球帽的儿童，也有踩着高跷的青年。从地面到空中，火环渐渐将游行的气氛点燃。鼓手们敲着鼓，旗手们挥着彩旗引导，后面是"张灯结彩"的大象。

当第一头大象从队伍中缓缓走来时，我就为之惊叹了。大象身披华服，身上闪闪烁烁，煞是好看。这不同于我曾在印度洒红节上看见的身上涂抹了各种色彩花纹的大象，这里的大象更像是穿上了漂亮的衣裳。那衣服上还挂满了彩灯，镶边的织物一直覆盖到长长的象鼻子上，让这些大象仿佛变成了"天外来客"。

事实上，大象伴随着音乐的节拍移动缓慢。每一头大象所在的一个方阵就有一出单独的民俗节目。有的方阵是锣鼓队，有的是刀枪队，有的是杂技队，有的是满身"黄金甲"的舞者。这时候，外行只能数大象，以至于后来我都习惯将佛牙节庆典概括成"大象游行"，而内行们则津津有味地欣赏康提魅力无边的传统舞蹈。

康提舞蹈是斯里兰卡舞蹈的精华，平时可难得一见。你看那些健硕的小伙子，身上满是银饰，手臂平举胸前，伴随着鼓乐打击，手掌内外翻动起舞，表现出各

搬“燃料”的工人

庆典中传统的康提舞蹈

种主题：劳作、收割、丰收，或者模仿动物……我无法一一区分，只能一边用手中的相机记录，一边大呼过瘾。

“大象游行”也渐入高潮。原先一个方阵一头大象，慢慢发展成两头、三头。而且伴随着人们的欢呼，似乎最重要的那头大象出场了——一组三头大象来到人群中，当中的那头大象个头比两旁的大得多，身披一个漂亮的罗盖，背上还有一座神龛，一看就大有来头。人们纷纷合掌祈福。也许那就是传说中名为“Maligawa Tusker”的领头象。我问身边的长者，那神龛里便是“佛牙”吗？老者点头称是，佛牙舍利平时都藏在佛牙寺的小金塔内，只有佛牙节时，才由“象王”驮着作一番巡回展示。

其实我并不关心那神龛中是否真的有佛牙舍利。如果确实不是复制品，我们也难得一睹真容。倒是斯里兰卡人的虔诚让我为之动容。佛牙节对他们而言具有无比重要的意义。相传公元 4 世纪时，佛牙是被一位印度公主藏在发髻中带到斯里兰卡寻求庇护的。后来在僧伽罗的历史上甚至发展到谁拥有了佛牙，谁就是王权的合法继承人。今天，如此盛大的宗教“嘉年华”更像是在表达人们对于佛祖和神灵的侍奉和敬拜，象征着众神对大地的庇佑，象征着老百姓生活的和谐美满、风调雨顺。这些美好期盼，我都能从人们的眼中一一读出来。

驮着神龛的“象王”

庆典中的“玩火”表演

整场游行活动长达约三个小时，动用大象50–60头。即便在重头戏过后，只是很多形式上的重复，我却很少看见有观众提前离席退场。他们尽情地享受着“康提的狂欢”——他们也是狂欢的一份子。直到活动散场，大街上又满是人潮，挪不动步子时，我仍能看见人们脸上满满的幸福笑容。

这世界如此奇妙——远超乎我在旅行之前的想象。

那一晚，我耳畔始终是停不下的鼓乐。康提舞蹈和大象游行，像皮影戏似的，一直跳跃在我眼前。

PART 2

# 旅途·中·成长

成长与成熟的便利，

拉近了远方与你的距离。

享受旅途的时光，

你更能体会自己的成熟与成长。

# 计划之外的旅行

一趟旅行是否完美，并不仅仅要看预定的目标实现了多少，还应该看未知的旅途中有多少意料之外的惊喜。

一趟旅行是否完美，于我而言有特殊的标准：并不仅仅要看预定的目标实现了多少，还应该看未知的旅途中有多少意料之外的惊喜。不仅要有想走就走的勇气，在没有做好充足功课的情况下，是否能够随心而动，是否能够泰然面对旅途中的各种际遇，随机应变对计划适时作出调整，也是一种考验。

我曾经一时兴起便去攀登了泰山，也在伊斯兰堡的街头随意游走。印象最深刻的还是欧洲之行：计划完美无缺，无论是罗马、梵蒂冈、佛罗伦萨、威尼斯、五渔村和瑞士马特洪峰，都无一例外带给我超预期的满足感，这一半要归功于前期详尽的功课，还有一半源自我们享受旅行时的投入状态；但欧洲之行中也有一段旅程是完全属于计划之外的，那便是日内瓦之旅。

## 临时补课的目的地：日内瓦

很多人对瑞士第二大城市日内瓦的旅游兴致并不大，这座城市荟萃了众多国际组织，被人们称为“一点也不像瑞士”的城市。更多游客还是选择前往琉森和苏黎世——这也是我最初的打算。但是由于我和妻子小麦在采尔马特享受了超计划的美好时光，又不得不在有限时间内赶到巴黎，我们在瑞士观光的时间便只剩尴尬的 24 小时，多一日但不可求，少一日聊胜于无。我们必须在苏黎世、琉森和日内瓦三者中作出抉择。

我们在旅行途中是那么随性，其实无论去哪一座城市，应该都能获得快乐，毕竟我们对这三座城市都一无所知，都没去过。最终我们选择了日内瓦，理由很简单，从那儿坐火车去巴黎的行车时间最短，而且我又在网上找到了特价宾馆。虽然之前的功课都集中在苏黎世和琉森，可老天爷却似乎有意让我们尝试没做功课的日内瓦。正因为没做功课，我们更充满好奇，也使日内瓦注定成为我们更值得去探索的目的地。

摊开地图——见不着琉森湖，但我想，日内瓦湖也不会令我失望吧。

事实上，从布里格跳上火车，不久之后，火车就沿着日内瓦湖沿岸行驶，经过洛桑最终抵达日内瓦。我就在火车上临时补了一下目的地的功课。日内瓦湖被瑞士和法国共享，在法国，人们称呼她莱芒湖。而这座城市的一大标志就是日内瓦湖上的大喷泉。据说，大家看见埃菲尔铁塔，自然会联想到巴黎，而垂直高度达 140 米的大喷泉就是日内瓦的地标，这种壮观的景象在城市的各个地区都能望见。我喜欢这样的城市，小巧精致。顺利抵达日内瓦后，在好心的路人的指点下，我们找到了那家临时预订的特价宾馆。宾馆不仅提供了日内瓦的城市地图，还给了我们两张市内公共汽车一日票，这可让我们的出行有了极大便利。

## 找一个熟悉的国际组织瞧瞧

我心血来潮要在午后去寻找一个我来到日内瓦的最恰当的理由——我要去参观 WTO（世界贸易组织）总部。这几乎是我最熟知的一个在日内瓦的国际组织。我任职于一所对外经贸类的大学，学校历史与 WTO 有十分密切的联系，为中国复关入世谈判作出过较大的贡献。几年前 WTO 总干事拉米先生还专程来造访我们学校，授予其中国唯一一个 WTO 教席单位铭牌，我也是那个历史时刻的见证者之一。于是我自忖也算是跟 WTO 沾了点边。学校很多教授，或者从事 WTO 研究的教师、学者常有机会到日内瓦 WTO 总部来参观学习。小麦便揶揄我，别人都是公派出国，你可是自费来考察的呀！那一刻，我还挺有荣誉感的。你看，旅行的时候我也保持着一颗爱校荣校的心。

朋友“夹心石头”帮我查好 WTO 总部的地址，发到我手机上。根据地图的指引，又经过城市志愿者的帮助确定，我们沿着湖岸向北走了一阵子，终于找到了位于洛桑路 154 号的 WTO 总部所在地。值得一提的是，因为日内瓦是 200 多个国际组织的所在地，城市非常国际化，日内瓦超过半数的人口都并非本地居民，世界各国派驻的人员在这里工作、生活。城市里到处可见穿着绿背心的志愿者，我们在的这段时间似乎又恰逢当地举办“嘉年华”，整座城市充满了热闹而欢快的气氛。

大概因为是周日的关系，坐落在湖畔边的 WTO 总部显得格外宁静。门口停放的挖土机则显示总部正值修缮期间。我在外围和院子里简单转了转后，又进去和门卫“套近乎”，最终被“赶”了出来。这里的国际组织都是这么个惯例，外面随便参观，想要进大楼那就得照规矩办事了。没有预约，也没有熟人带个路，我们就继续瞎逛，不知不觉已经身处北区很多重要组织的集中地了——世界气象组织、联合国儿童基金会，以及有“万国宫”之称的联合国欧洲总部。真是误打

日内瓦地标——大喷泉

修缮中的 WTO 总部

日内瓦湖畔两只小鸭

日内瓦湖畔一景

日内瓦湖内的天鹅

误撞。那张象征废除地雷战争方式的三脚椅在广场上有点陈旧，有点落寞。许多孩子就在其身后广场上的喷泉里跑过来，穿过去，浑身湿透，却非常开心。

## 日内瓦湖畔的“慢生活”

没有浪费一日车票，我们坐电车回到了日内瓦湖畔，然后选择在草坪上小憩一会儿，感受日内瓦的“慢节奏”，很有生活情调。我慵懒地不想找任何辞藻去形容这里的生活了。

想象一下，在那美丽的日内瓦湖畔，你会变得文艺呢，还是更文艺呢？更加“过分”的是湖里有各种不怕人的鸟儿——天鹅、鸭子、海鸥，你随便扔个什么吃的，它们就冲你聚集过来了。看一下午的大喷泉，你也不会觉得腻味。我们有的是时间，已经不再需要为了某个目的地伤脑筋……湖畔边的长椅上，老人们或走累的游客们悠闲地坐着聊天。也有人在湖边垂钓，有人卷着个书本在树荫下阅读，还有人带着耳机在湖边慢跑。嘿，不带这样的，这撩人心的慢生活，太叫人羡慕嫉妒恨了。

并不是唯独日内瓦人特别悠闲，活得又惬意自在，整个瑞士不就是这样的嘛！或者说欧洲大部分城市都是这样的。有些欧洲人懒散过头了，也是坏事，葡萄牙、意大利、希腊、西班牙正是典型。我们难免也有些不平衡的心理。所以我在欧洲时，常常戏谑的是这句：休闲是吧？日子过得忒潇洒是吧？经济危机了吧！

## “终于”遭遇了小偷

日内瓦是我欧洲之行唯一一次遭遇小偷的城市。

说来也特别有警示意义。我们在罗马、佛罗伦萨或者巴黎旅行时，往往更有警惕心，一旦到了瑞士，感觉这里治安好得多，反而容易自我松懈。傍晚我们在日内瓦老城逛街时，遇见一个黑人上来问路。当时我就特别纳闷，你找中国人问路？这也太不靠谱了。自然问不出什么结果——然后他就跟你握手，表示一下友好。还把脚勾来勾去，硬说这是他们的一种特别的问候方式。当你的注意力被分散后，他的另一只手就去插你的侧口袋了。其实这种偷盗技术实在不算高明，因此他也没能得逞。我速干裤的侧口袋有拉链，又深又紧，自己掏皮夹子都得费半

日内瓦湖畔街心公园

天劲。当他感觉到我已有所察觉后，悻悻然地“SAY BYE”跑了。

这也是旅行中的一课：出门在外，还是应当保持适当的警惕。别以为小偷只在意大利、法国、西班牙，阳光底下有阴影，瑞士当然也不例外。如你所知，尽管瑞士是总体治安最好的欧洲国家之一，但这不是你可以掉以轻心的理由。我也有朋友在伯尔尼和日内瓦遭窃，损失巨大，相较之下我已经很幸运了。小伙伴们则纷纷表示，“终于遇上小偷”，是为了让我们的欧洲之旅变得更“完整”啊！

# 闯入巴基斯坦“风之谷”

拉卡波希峰脚下，满是盛放的鲜花。藏在深山人未识的“风之谷”总被往来于喀喇昆仑公路上的背包客形容为“住下就不愿走、尚未离开就想念”的地方。

《风之谷》是日本动漫大师宫崎骏的成名作与代表作。“风之谷”的原型在哪？

据说在巴控克什米尔的北部山区内有一处宁静之乡——罕萨（Hunza，又称洪扎）地区的首府卡里马巴德（Karimabad）[1]——乃是宫崎骏的灵感来源，其在驴友圈中被称做“风之谷”，是一个宛若仙境的桃园净土。英国小说家詹姆斯·希尔顿 1933 年的长篇小说《消失的地平线》可能也取材于此——其在发表小说的前几年曾来过这里，被指在这里完成了作品。因此罕萨山谷也是众多被称为“香格里拉”的地方之一。

## 甘甜的堰塞湖

如你所知，愈是美丽的地方愈难抵达，何况那还是人们心中的“香格里拉”。2010 年，巴基斯坦受洪灾侵害，喀喇昆仑公路（KKH，又称“中巴公路”）一段通向“风之谷”的道路被毁。山体滑坡掩埋了一个村庄，形成天然坝堤，阻断河水，漫过公路，形成了堰塞湖。这便是前进的天然障碍。

我们入住的客栈 PASSU INN

1　卡里马巴德以前名为“巴勒提特”（Baltit），是古王国罕萨的王宫巴勒提特堡（Baltit Fort）所在地。因此狭义上，有时卡里马巴德也被直接称为罕萨。

在帕苏冰川上徒步

我们从新疆塔什库尔干出境，在帕苏（Passu）停留了一晚。第二天，我们错过了上午经过帕苏的班车，幸而在客栈 PASSU INN 老爷爷的帮助下找到了一辆愿意前往堰塞湖的私家车。车主是客栈对面杂货店的老板，这老板在杂货店打烊后，亲自开车送客。道路上尽是滚滚黄土扬起的灰尘，车窗外正午的阳光火辣辣地刺在一大坨一大坨的雪山上。雪山近在眼前，像是伸手就能拿到的冰淇淋。车程很短，20 分钟便到了堰塞湖。接下来我们以船代车。大船靠一台发动机推进，上面清楚地写着中文“莱动”，是地道的山东莱阳中国货，运转起来时震耳欲聋。船家则手握着方向盘坐在船尾，他那轻松的姿态不像是在开船，倒像是在开车。

堰塞湖比想象中的大许多倍，规模和形成原因都极似我国西藏东部的然乌湖。宽阔的湖面上，动力十足的大船整整行驶了一个多小时，有时会遇到从对岸驶来的小船，双方船上的客人都会站起身来挥手致意。巴基斯坦人对素昧平生者的热情可见一斑。堰塞湖的水呈奶绿色，据说是由雪山洪水组成。为了证明湖水清冽，船上的小伙子舀起一壶水来饮用，还递给中国客人。妻子小麦最先鼓起勇气尝了一口，“湖水竟然是甜的！”不可思议的是，这片湖下便是原来的公路、村庄，很多高大的树木矗在水中被淹没了大半。还有一些桥墩似的建筑物整齐地插在湖

PASSU INN 的老爷爷

去往堰塞湖的路上，迎面驶来大篷车

坐船过堰塞湖

面上，听巴基斯坦人介绍说，这是中国朋友在帮助建桥，中巴公路是战略线，不能中断，公路被水淹了，那就通桥。不过看情形，进度缓慢，一两年内很难竣工。

原以为渡过堰塞湖便能见到“风之谷”，岂料仍是黄土砌成的峡谷。再次更换交通工具，换成了敞篷吉普车。挤在吉普车的车斗里，车一启动，扑面而来的便是满嘴黄沙。敞篷敞得不是时候，风沙一会儿就把车里灌满了。

“风之谷”的喜鹊

## 曼妙的“风之谷”

“我们进入了真正的巴基斯坦，上流社会的那些人士大概从来没有来过这些地方，或者对这些地方不屑一顾——后者也许更接近于现实。”[1]

抵达“风之谷”时，我们的形象与“香格里拉”十分不符。仿佛落难的不速之客突然闯进了爱丽丝仙境。每个人都被灰尘染成了“白毛女”，暴露在空气中的每个毛孔都被灰尘堵住了，就连小麦美丽的长睫毛也无法幸免。这直接打消了我们回程时走回头路的打算。与其再吃一身灰返回新疆红其拉甫口岸，不如一路向前，直“杀”去伊斯兰堡。我们在 AL-BARAKAAT HOTEL 住了下来。还来不及欣赏卡里马巴德的美景便钻进了卫生间——首要的事情当然是洗澡、洗衣服。

“风之谷”的孩子们

1　参见拉尔夫·伊利斯《K2与金字塔》。

“风之谷”的小女孩

这些不过是尘土。你会发现遭这点小罪却能够来到“风之谷”是值得的。走上阳台，我们正面对富饶的河谷，一派郁郁葱葱的绿色景象。而包围河谷的是雪山，360°都是海拔超过7000米的雪山。正面撞进我眼帘的就是7788米的拉卡波希峰（Rakaposhi）。但卡里马巴德的海拔却只有2400米。这是世界上唯一一个能够同时看到5座7000米以上山峰的城镇。沿着拉卡波希峰作顺时针旋转，还能看到乌尔塔峰（Ultar Ⅰ，7388米）、乌尔塔Ⅱ峰（Ultar Ⅱ，7310米）、金顶峰（Golden Peak，7027米）和迪让峰（Diran，7273米）。有旅行者曾经这么评价这里：清晨在村庄里漫步，眼前高耸的雪山和碧蓝的天空以及清脆的鸟叫声让人忘记了一切。静得可以听到一根针落地的声音。自然景观是如此亮丽多姿，每天早上天空都会变幻不同的色彩。例如拉卡波希峰，天刚亮的时候是一种粉黄，太阳完全照射到的时候又从浅灰变幻成亮白。早晨的宁静让人如此无法忘怀，四点半之后如果还赖在床上你就会有一种负疚感，因为你不知道会错过何种美景。还有什么比观看太阳、云彩和雪山景观组合变幻的美妙瞬间更让人激动呢？时间在这里悄然流逝，你根本就感觉不到。[1]

站在阳台上就能看见的风景远不止这

1　参见彼得·安德森《穿行在喀喇昆仑公路之上》（载《中国国家地理》2005年11月刊）。

“风之谷”与拉卡波希峰

远观巴勒提特堡

巴勒提特堡的“大胡子”守卫

巴勒提特堡楼顶一景

些——还有泽披夕阳而闪耀光芒的拥有 800 年历史的罕萨王宫巴勒提特堡，街上驶来的洋溢着幸福歌声的婚礼车队，以及那停在电线上梳理羽毛的喜鹊。你甚至可以站得更高，像《风之谷》中的娜乌西卡一般驭风“飞翔”……“谋杀”我相机内存的还是那些雄浑壮丽的雪山，我只要在宾馆的楼顶平台上架好三脚架，就能作 360°的旋转，这是无比欢乐的舞蹈。

居住在“风之谷”卡里马巴德的人们向游客展示了他们的热情和友好。他们不仅会在街上主动问候你，在得知对方是中国朋友的时候上前拥抱，还要求合影。一开始颇让我们不适应，因为在很多国家旅行时，我们常常希望主动与当地人合影，可惟有在巴基斯坦，你才会有这样的待遇——人们以与中国朋友合影为荣耀。这种频率还非常高，几乎每天我们都会像模特一样受到巴基斯坦人的邀请，他们拿着卡片机或手机要拍上好一会儿，还询问你的移动电话号码或 Email 地址。这从一个侧面也反映出中国人是“稀客”，尤其在卡里马巴德待了一阵子后，发现真的没遇上过其他中国人。倒是经常能见到日本、韩国游客。久而久之，当巴基斯坦人看见你长着一张典型的东亚面庞时，他们开口询问你的国籍时总是脱口而出：“JAPAN？”“KOREA？”但由于中巴两国的特殊感情，巴基斯坦人实际上更喜欢中国人。

## 巴勒提特堡

有一天我们去参观了巴勒提特堡（海拔 2438 米）。古堡坐落在卡里马巴德地势最高的地方，身后是乌尔塔峰。当年冰川一直延伸到古堡旁，是皇家的天然冰箱。古堡守卫中有个“大胡子”特别帅气，惹得游客们纷纷与其合影。古堡的规模并不大，上下一共三层。里面有志愿者用英语为游客讲解历史并导游。位于顶楼的平台上有一张夏床，可以想见当年罕萨国王一边躺在床上，一边欣赏雪山“风之谷”，或是叫上些舞者乐队在此风雅，真是享受极了。

古堡里有历来国王的画像，虽然王国很小，但也有 800 年的历史。志愿者逐一将国王的事迹向游客介绍，还包括两位女王。500 多年前，罕萨王迎娶了巴尔蒂斯坦的公主，她带来的工匠营建了藏式风格的古堡，让这座巴勒提特堡有了“小布达拉宫”的韵味。原先卡里马巴德就叫“巴勒提特”，罕萨王国在中国史书中

热情友好的巴基斯坦人邀请我们合照

被记作“坎巨提”。这里也曾经是大清帝国的藩属。19 世纪末在英俄争夺中亚期间遭到英国殖民者的侵占，古堡里有些文物也能证明历史，颇让我们欷歔，如当年中国新疆地方政府下发的公文和批文，是由汉字书写，由乌尔都语对照，被裱框挂在墙上。另外还有 1960 年周恩来总理来访的黑白相片，显示了两国人民的友谊。

参观完巴勒提特堡后，我们在炮台遇到了 JOHN 父子，在他们的盛情邀请下，决定去他们家中做客。他的家就坐落在古堡下面，民居都是木石结构的老房子，很有些历史。穿过几条小巷便来到 JOHN 的家中。脱鞋、进屋，JOHN 不仅与我们在客厅小坐了一会儿，还带我们走进了卧室，这真是相当高的礼遇。JOHN 的家里其实很简单，除了一台电视机外甚至可以用“家徒四壁”来形容。卧室的中间就是一个炉灶，屋顶的天窗透进阳光，很像藏式民居。卧室里两边便是坐毯，区分了男女，不能混坐。JOHN 煮了一大锅绿茶款待我们——“我知道你们中国人爱喝茶。”JOHN 非常高兴地与我们聊天，招呼自己的几个孩子过来一一介绍。谈及他的父亲，已经 99 岁高寿了，与其叔叔住在别处，而在村口我们又遇见了他 89 岁的母亲，正惬意地晒着太阳，她的头发中还有许多黑丝，牙齿健全，根本看不出已至耄耋之年。“风之谷”真乃世界著名的“长寿之乡”，名不虚传。

巴勒提特堡近景

拉卡波希峰脚下，满是盛放的鲜花。

面朝雪山，春暖花开。这是我多年来追求的人生意境。藏在深山人未识的“风之谷”总被往来于喀喇昆仑公路上的背包客形容为“住下就不愿走、尚未离开就想念”的地方。

这一切都是真实的，竟然并不是在做梦。我想说，这才是我们苦苦寻找的真正的“香格里拉”。

# 审美沙漠

沙漠中的日出，是我最喜爱的一种景象。我不止一次地向朋友描述，“破晓”有着怎样深远的涵义。那是一种撕破绝望的力量，给予人无穷的希望。沙漠本身，是一种独特的审美对象。

有个观点对于大多数人可能陌生：“风景”不是天然存在的。天然存在的不是风景，只是大自然。“风景”的出现，源于有了欣赏风景的人。这也许称得上是一种“倒错”的关系。太行、王屋二山在愚公面前不是风景，乃是障碍；雪山、沙漠最初只是生命的禁区，谈何浪漫风情；就连“旅游”一词其实也是近代的产物。自然界中的各种景观，在被赋予了美学的欣赏价值之后才诞生了所谓“风景”的概念。根据康德的区分，被视为名胜的风景是一种美，而如原始森林、沙漠、冰河那样的风景则为崇高。美是通过想象力在对象中发现其合目的性而获得的一种快感，崇高则相反，是在怎么看都不愉快且超出了想象力之界限的对象中，通过主观能动性来发现其合目的性所获得的一种快感。这话有些深奥，但不妨碍我去审美沙漠，审美曾经一点都不“美”，今天却逐渐被圈成“风景名胜区”的沙漠。

## 绕着巴丹吉林沙漠跑

穿过贺兰山，便进入了内蒙古地界，人们说起内蒙古，总是容易联想起呼伦贝尔、锡林郭勒，风吹草低见牛羊的草原多么宽广。可是我却冲着内蒙古的另一种景观而来——沙漠。确切地说，是《中国国家地理》杂志曾经评选出的中国最美的沙漠——巴丹吉林沙漠，它就在内蒙古境内。我从宁夏而来，坐在长途巴士上还能望见西夏王陵，不消半日便来到阿拉善左旗巴彦浩特镇（又称巴音左旗）。可惜的是，进入巴丹吉林沙漠的“正规”玩法是取道阿拉善右旗，坐沙漠吉普，还需要购票，花上千把块钱。广袤的沙漠也被圈起来了？当地的百姓告诉我，没有交通工具，没有水，沙漠一点都不可爱，残酷得很。而且巴丹吉林庙和沙漠中的海子也都要从右旗进出才能看见。我和同伴想法都特别单纯，“我们只想看看沙漠而已。”

沙漠那么大，在哪一段看不行？不能体验“沙漠珠峰”之称的必鲁图也没关系。我们坐长途车转道额济纳旗。从地图上看，阿拉善左旗、阿拉善右旗、额济纳旗呈一个三角形，而巴丹吉林沙漠几乎完整覆盖了这一区域。公路穿过戈壁，汽车带我们到达热闹的额济纳旗达来呼布镇。每年秋天的时候这里总要汇聚很多摄影发烧友，上游水库开闸，干涸的河道将充满水，一道桥至七道桥的胡杨林一片金黄色，人们要欢天喜地过“胡杨节”。难怪某大导演要千里迢迢来这儿取景。

在巴丹吉林沙漠

“沙漠第一泉”

莫高窟洞窟外景

鸣沙山，沙漠驼队

胡杨树是沙漠中最顽强生命的代表，生而千年不倒，倒而千年不朽，奇哉奇哉。我们则在八道桥的巴丹吉林沙漠北缘一偿夙愿。公路几乎就要被扩张的沙漠所吞噬。一座一座连绵的沙丘横亘在眼前，爬上一座滚下来，再爬上一座滚下来，不亦乐乎。

临近黄昏，我们才坐着出租车回镇上的蒙古餐馆饕餮。我们和司机师傅约好，翌日清晨，包车去东居延海一游。那是戈壁中的一片湿地海子，曾经是西北地区最大的湖泊之一。当年霍去病和匈奴在此打过一仗。现在湖泊缩小，但还能摄到一些水鸟。

“飞天”像

## 敦煌、敦煌，莫高窟与月牙泉

原先我们把巴丹吉林沙漠当做旅行重点，不想只变成了“开胃小菜”。敦煌、敦煌，反倒是成了旅行实际的重点和经典。从酒泉坐夜间的卧铺长途客车我们直奔敦煌，没有找任何旅馆卸下行李便来到莫高窟前，夏日的阳光普照大地。

据史料记载，莫高窟的第一个洞窟凿于公元366年，历经五胡十六国、北朝、隋、唐、五代、西夏、元等历代兴建，形成巨大的规模，我们也习惯把莫高窟称为“千佛洞”。1892年道士王圆箓进驻莫高窟，整修洞窟、重塑佛像。1900年他无意推开一扇“门”（即“第17窟”），也造成了中国文化史上的一大悲剧。“藏经洞”的发现引来一批又一批探险家和

“掠夺者”——勃奥鲁切夫、斯坦因、伯希和、吉川小一郎、橘瑞超……他们用难以想象的低价换取了中国“国宝”。多年以前，当我读到余秋雨《文化苦旅》的开篇时，就有一种难以名状的文化屈辱感，尽管今天我们仍有幸一睹“宝藏”的风采。为了保护莫高窟内的壁画，游客进入景区需要有专门的解说员来引导。这么多的洞窟不可能一一看尽，“导游”总是有选择地挑几座重点作介绍。游客进入洞窟后，洞窟内温度、相对湿度和二氧化碳浓度会显著升高，其实对壁画始终存在潜在的损害。在洞窟内摄影摄像更是不被允许。寄包前我给洞窟外的“飞天”像留了影，那上面浓郁的西域风情历经千年依然保存了下来，真不容易。

鸣沙山，沙漠驼队

下午我们在旅馆里睡午觉，可以放心睡到傍晚。然后乘坐3路公交车，去鸣沙山。这时候光线正好。

沙山上的沙子还是烫的，驼铃声声，驼队带着游客往沙漠深处走去。这里的沙山也颇具规模，雄奇得很。余秋雨《沙原隐泉》中的句子又自然地一闪而过——“人生真是艰难，不上高峰发现不了它，上了高峰又不能与它近乎。看来，注定要不断地上坡下坡、上坡下坡。”花点力气往最大的沙丘上攀登吧，爬到顶上，你就能看到著名的月牙泉。

月牙泉就在沙山的西侧，它古称沙井，俗名药泉。南北长近100米，东西宽约25米，弯曲如一轮新月，因而得名，有“沙漠第一泉”

夕阳西下，在高高的沙丘上看月牙泉

玉门关遗址

积薪遗迹

之称。但是近年来，月牙泉的水量正在迅速减少，听说不断通过人工补水，才保住了这轮“月牙”。从沙山上望下去，“月牙”比想象的还要小一些。

不过，夕阳下的“月牙”煞是好看，庙宇倒影在水中，游客星星点点则像蚂蚁。而随着太阳往西沉下去，鸣沙山上的光影也变换着。金黄色的沙丘逐渐被染成了橘红色。太阳跌入地平线，沙漠的气温骤然下降。游客们也纷纷从沙丘上滑下来。如果拿一块木板或塑料薄膜，为减少摩擦垫在屁股下，便有沙漠“冲浪”的快感。先前辛苦爬到顶端用了半天，现在一滑到底不过几分钟。

驼队也收工了，敦煌夜市这才拉开帷幕，暮色中，小吃摊飘出的香味撩拨着游客的嗅觉。经验之谈——杏皮水和驴肉黄面不容错过。

## 春风不度玉门关

王之涣的《凉州词》真是脍炙人口。“黄河远上白云间，一片孤城万仞山。羌笛何须怨杨柳，春风不度玉门关。”大漠中的玉门关，又俗称“小方盘城”，建于公元前 111 年左右，离敦煌不远。游客通常可以选择包车的方式，将 90 公里外的玉门关、汉长城以及更远的雅丹魔鬼城一起来个“一日游”。

玉门关，始置于汉武帝开通西域道路、设置河西四郡之时，因西域输入玉石时取道于此而得名。汽车又一头扎进荒漠，天气也变了，呼呼地黄沙漫天，天空阴沉。去玉门关的游客并不多，司机说，那就是一个正方形的土墩，没啥看头。玉门关遗址确实如司机所言，现在只剩下一个“土墩”，还被栏杆围绕了起来，任凭你去想象——如何能还原它昔日的容貌？还有汉长城，这可与我们常见的明长城有本质的区别。经过两千年的洗礼，“长城”已经变成了一排土堆，几乎与戈壁浑然一体。它们不是坍塌了就是被埋入了沙下，裸露在外的部分远远看，就像是一条龙的脊梁。

只有一座烽火台孤独地矗立在大漠中，它还没有坍塌，像一个坚强的战士，守卫着曾经的边疆。还有个有趣的景观——积薪遗迹，那简直就像是化石。当年用来点燃烽火的木柴积薪早被岁月风化了，却依然能展现它当初的模样。

孤独矗立在大漠中的烽火台

仿若龙脊的汉长城遗迹

“飞天”像

火车离开敦煌的时候，我回望绵延的沙漠。很多年前，我坐着绿皮火车路过青海德令哈沙漠的时候，见过类似的戈壁日落和日出。沙漠中的日出，是我最喜爱的一种景象。我不止一次地向朋友描述，“破晓”有着怎样深远的涵义。那是一种撕破绝望的力量，给予人无穷的希望。沧海桑田、斗转星移，生命的意义皆在此地。

在旅途中提高审美的情趣是驴者的必修。如果库木塔格沙漠、腾格里沙漠和巴丹吉林沙漠合围，那么河西走廊也将不复存在。西域因绿洲而兴，又因绿洲的消失而亡。保护环境，珍爱大自然，我们就不必为了看“风景”而去圈“风景”、找“风景”了。诚如康德所言，有些风景是“美”，但我们更应敬畏“崇高”。

# 在斯里兰卡看海

当你有些厌倦其他国家海滩上到处都是游客的时候，斯里兰卡的海岸线也许可以给你提供充足的选择和享受清静的机会。

说起看海，你大概会想起泰国的普吉岛、皮皮岛、苏梅岛，马来西亚的沙巴、兰卡威，印度尼西亚的巴厘岛，菲律宾的长滩，中国台湾的垦丁或者干脆飞到希腊圣托里尼、毛里求斯、马尔代夫去。如今这些地方中国游客并不少见。但是放眼印度洋，闪着“蓝宝石”和菩提叶光芒的斯里兰卡，则稍显神秘，你未必知道那儿也有丰富的看海资源。

海滩上的情侣

当我在加德满都的书店找到一本印度版的 Lonely Planet 系列的《斯里兰卡》时，我立刻就被原生态的海岸照片吸引了。重要的是，书中推荐的“Stunning Beaches”（迷人的海滩）几乎全是中国游客所陌生的地名：乌纳瓦图那（Unawatuna）、韦利格默（Weligama）、美蕊莎（Mirissa）、本托塔（Bentota）、辛克杜沃（Hikkaduwa）、尼甘布（Negombo）、亭可马里（Trincomalee）……当你有些厌倦其他国家海滩上到处都是游客的时候，斯里兰卡的海岸线也许可以给你提供充足的选择和享受清静的机会。

我立即从加德满都取道孟买转机飞往了科伦坡，直觉告诉我这个几乎与马尔代夫共享一片海域的佛教国家一定不会让我失望。我带着那本印度人写的 LP 圣经，完全以度假的心态将以上海滩一一作了考察。

对镜头搞怪的斯里兰卡儿童

## 乌纳瓦图那，无人的海滩

我从科伦坡坐着西海岸的火车前往乌纳

瓦图那。这个地名甚至有些拗口，我不得不将“Unawatuna”抄写在纸上，递进售票窗口。从地图上看，它离著名的港口城市加勒很近，而从科伦坡至加勒的火车就行驶在海岸线上，你可以一路欣赏印度洋的景色。若不是坐在身旁的大叔提醒，我差点错过这个加勒往南仅几公里的小站。没有关系，路边有的是等待生意上门的 TUTU 车，他们会把你带到乌纳瓦图那的海滩。

停在酒店庭院中的 TUTU 车

斯里兰卡的西海岸线上多的是各种酒店和旅舍，而乌纳瓦图那的酒店都是 2004 年印度洋海啸过后新建的。我放下行李就向海滩走去。穿过椰树林，来到海边——午后的乌纳瓦图那沙滩上空无一人。沙滩上没有脚印，这是片无人的海滩！印度洋的海浪轻轻拍击着远处的礁石。几根高跷棍孤零零地插在礁石旁，也不见传说中的“斯里兰卡海钓”。好极了，我就悠闲地坐在椰子树下，一直坐等日落黄昏，看看到底有几个人会跟我分享这片轻松悠闲的时光。有那么一会儿，当地的斯里兰卡儿童在一棵绑了绳子的椰子树上荡秋千。

像我这样的游人屈指可数。我遇见两个女孩在沙滩上散步，分别是日本女孩“玛雅”和中国女大学生吴小凡。她们在加勒作“沙发客”，乘坐巴士原本要去美蕊莎——路过这片海滩时误打误撞便跳了下来。“这里的海滩风景不错。”小凡聊天时说到，在她见过的所有大海中，大概只有加勒比海更胜一

乌纳瓦图那海滩

日落时海滩上的父子

白屋红瓦的加勒民居

荷兰教堂

面向印度洋的城墙

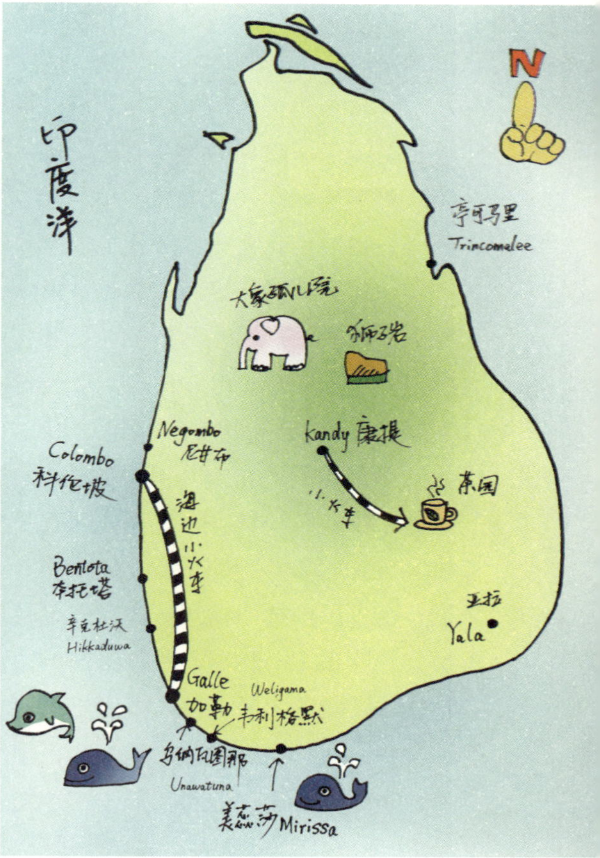


斯里兰卡景点位置示意图

筹。言语不多的“玛雅”则直接穿着衬衫跳进大海扑腾起来。

日落是极美的，美得让我有些词穷。远处一朵云像海鳗似的想要吞噬太阳。不过太阳还是撕破云霞往印度洋里钻，天空则被染得一片血红。我在海滩旁找了一家餐厅享用美食。这里的对虾饭和吞拿鱼被淋上了泰式咖喱和柠檬汁，配上西红柿色拉和烤香蕉，味道甘美，回味无穷。你也可以尝尝新鲜的龙虾宴或蟹宴，价格实惠得令人咋舌。

翌日，我又在海滩上虚度了一日光阴。扳着手指头数一数，一天里出现在沙滩上的游客没超过 20 人。你能够在沙滩上捡到珊瑚，也可以围捕小螃蟹。我当然也换上了泳裤，一阵助跑，猛冲，跳进汹涌的印度洋的怀抱。让我印象最深刻的莫过于一对热恋中的情侣，他们在海滩边激情拥吻，印度洋的海浪十分“配合”地将他们牢牢地拍在了沙滩上。

古城灯塔

## 加勒古城，锡兰“鼓浪屿”

加勒古城在乌纳瓦图那以北五六公里处，距科伦坡也不过 100 多公里，是斯里兰卡文化三角洲外唯一的一处世界文化遗产。斯里兰卡目前一共有六处古迹遗址被列入《世界遗产名录》，加勒古城是斯里兰卡唯一一座被列入世界遗产的殖民遗迹，被联合国教科文组织誉为“展现 16–19 世纪欧洲建筑风格

小巷中的餐厅

加勒海洋博物馆

古城街道一景

与南亚传统相融合的典范”。16–19世纪，也正是西方殖民者对斯里兰卡进行疯狂“掠夺”的时期，葡萄牙人、荷兰人和英国人先后在这里留下了鲜明的痕迹，而加勒一直发挥着贸易港口和军事要塞的作用。

TUTU车将我放在古城入口，就在19世纪建设的钟楼的东侧，据说那钟楼是为了庆祝维多利亚女王诞辰所建。入口的木制游览示意图清晰地给出了古城的概貌和各个历史文化建筑的位置：博物馆、灯塔、教堂、清真寺……古城面积不大，东、南、西三面皆与海相对，城墙因此也呈东、南、西三面拱卫，以抵御印度洋的潮水和海上的舰队。

如今的古城显得特别宁静，欧式建筑融合在热带的古树椰林中。斯里兰卡的儿童在菩提树下打着板球。博物馆门口有“耍蛇人”在与蛇共舞。移步换景，看看荷兰教堂、白屋红瓦，时光交错，文化碰撞，让这里仿若打翻了的颜料盘。小巷中还有各种富有小资情调的餐厅、咖啡吧。有一瞬间我自然地联想起厦门鼓浪屿来，这两者还真有些相像呢。

加勒古城不就是锡兰“鼓浪屿”吗？海边的古堡防御城墙遗迹现在成了情侣谈情说爱的好地方。面朝大海、春暖花开，这里便有如此意境。我在徐徐的海风下，站在城墙上眺望，手里捧着个“黄金椰子”，嗯——面朝大海，味道不错。

美蕊莎紫红色的夕阳

## 冬天回美蕊莎，去看蓝鲸吧

离开加勒和乌纳瓦图那，我又往南换了两个海滩住。一个是韦利格默，另一个是美蕊莎。前者根本就是未经开发的海岸，而后者其实还算是小有名气——这里有湛蓝的海水、细软的沙滩、广袤的椰林，更重要的是，每年 1–4 月期间，花上 4000 – 6000 卢比就能出海观赏蓝鲸和海豚。

我按 LP 的“Top Choice”选择住在 PALM VILLA。这里聚集了不少欧美游客，很多是来冲浪或浮潜的。推窗面海，三五步即是海滩；躺椅或者吊床，风铃沙沙；来点啤酒或者鲜榨果汁，上网或是翻翻杂志，好不惬意。度假期间，我手边只有一本马尔克斯的小说《霍乱时期的爱情》，显然，忘了时间的我早已不记得我是身在斯里兰卡了。

美蕊莎的夕阳是紫红色的，棕榈树上的猴子黑脸白须，好似一副老人的面容。沿街的商铺能买到各种小吃和水果，却买不着漂亮的明信片。美蕊莎变成我的记忆，我去的时节还不凑巧，于是才留下那稍感遗憾的念想。等冬天，我应该回来，回来去看看蓝鲸与海豚。

# 边境奇观

无论是在阿姆利则还是拉合尔，欣赏边境降旗仪式，你所读到的都不仅仅是一场剑拔弩张、激情四射的表演。在其背后，更多体现的是印巴两国的文化渊源和历史纠葛。

阿姆利则和拉合尔分别是印度和巴基斯坦的两座历史文化名城，两座城市坐落在印巴边境上，互为相望。每天日落时分，这里都会上演一出边境奇观——印巴边境降旗仪式。其壮观程度可能丝毫不亚于天安门广场的升旗仪式。有人从印度阿姆利则这边前去观赏，也有人从巴基斯坦拉合尔那边去助威呐喊。我很幸运，在差不多前后一年的时间里，分别在边境门的两端——阿姆利则和拉合尔各看了一回奇观。这么激情四射的表演，惟有身临其境、现场观摩，才有味道。

## 奇观之左，阿姆利则

印度之行是冬天。我从新德里乘坐“阿姆利则专线”前往印度旁遮普邦的锡克教圣地阿姆利则。这趟专线有些类似我们的动车，均为座席，但车厢宽敞明亮，服务周到并提供餐饮。从火车驶离新德里车站起，车上的服务人员便不断地向乘客提供报纸、矿泉水、柠檬汁、酸奶、面包、水果、奶茶、冰淇淋等以及一顿正式的晚餐。前来检票的工作人员也让人眼前一亮，他穿着藏青色的制服，头上用浅蓝色布匹缠绕着。这样子就像是我们在电视上看见的印度总理曼莫汉·辛格一般。这正昭示了他们“锡克教”的身份和特点。

阿姆利则金庙是大多数游客和信徒的朝圣目的地。我在清晨太阳初升的时候前去参观金庙，在进门处脱掉鞋袜寄存，头上罩上帽子。赤脚蹚过一个小水池，大理石地砖冰凉。锡克教金庙设有东南西北四道大门，意味着锡克教的大门向来自四方的兄弟姐妹敞开。无论白天黑夜，任何时间都可以去参观，而且从不收费。其建筑样式融合了印度教和伊斯兰教的风格，别具特色。金庙，顾名思义是由“金”打造，据说耗费了750公斤的黄金。金顶设计成倒转的莲花，象征锡克教崇尚纯粹的人生。一步入大门，我就被那水池中央金光灿灿的建筑所吸引了。围绕它的是一座圣池“Amrit-Sarovar”（意为“花蜜池塘”）——阿姆利则（Amritsar）也因此而得名。水池清澈，鱼翔浅底。大理石地面一尘不染，我也随着锡克教徒们顺时针地慢慢绕行。

金庙内部也允许游客参观，但禁止摄影。那里供奉着锡克教的圣典，赞美诗的吟唱和歌颂被扬声器传播到金庙的上空。湛蓝的天空掩映碧蓝的池水，灿烂的阳光让人们的身上充满了暖意。“大胡子们”特别虔诚，有些还下到池中沐浴。

锡克教徒的头发很长，而缠在头上的头巾一般也长达 5–8 米，所以缠头巾既费时间又费力气，颇不容易。他们把头发视为极珍贵之物，正是为了尊重这种特殊的宗教习俗，进入金庙参观的游客也必须把头发包起来，或者戴上帽子，或者用围巾或头巾缠绕。

锡克教强调内部团结，互为兄弟，寺内提供免费食宿。这里有 24 小时免费“餐厅”，向信徒和游客提供素食，一轮紧接着一轮，十分热闹。床位充裕的情况下，外国游客只要登记即可在“外国人宿舍”免费住宿两天，虽是通铺，但提供热水和被褥。

## 奇观之右，拉合尔

巴基斯坦之旅在夏天，在我前往印度的半年之前。

当我抵达巴基斯坦第二大都市拉合尔时，却感觉有些“迷失”。拉合尔是一座拥有两千年历史的古老城市，始建于公元 1 世纪末至 2 世纪初，是巴基斯坦的文化和艺术中心，有“花园城市”之称。玄奘法师曾于公元 630 年来此访问，并在著作中详细介绍了他在这座城市访问时的见闻。今天，这座城市的老城区就像迷宫——莫卧儿王朝与英殖民的痕迹交错在一起，加上人口众多，又赶上了最炎热的季节，我初来乍到，面对一群只说乌尔都语不懂英语的巴基斯坦人，相当抓狂。

和成熟的印度旅游城市阿姆利则相比，在拉合尔找旅馆的经历让我苦不堪言。我在老城区里一连找了多家 Lonely Planet 作者推荐的旅馆，都过于寒酸和破败了，说明长时间没有更新版次的 LP 的信息有些滞后了。迷失在拉合尔老城里，我甚至有种上当受骗的感觉，因为 2005 年某期《中国国家地理》杂志曾竭力推荐历史名城拉合尔，并将她描绘成花园城市、大自然中的城市——你不到拉合尔，就不算到过巴基斯坦。糟糕的是，第一回合，我和拉合尔并没有对上眼。

当时我还没能找着正确欣赏这座历史古城的方式。

比较幸运的是，最终我找到了一家中国人开的家庭旅馆。主人是一个经历传奇、加入了巴基斯坦国籍的中国人——老罗。位于 Model Town 的老罗的广缘家庭旅馆，只接待中国客人。它坐落在城市南部一个富人区里。TUTU 车载我穿过狭窄却四通八达的 Food Street 一路向南，才看见了现代化的建筑和设施：高架桥、

阿姆利则金庙前的锡克教徒

巴德夏希清真寺

拉合尔古堡

建设了一半的高楼、高悬中文字样招牌的中餐馆以及售名牌服饰的高档商店。贫富两重天，截然两个世界。

在私人别墅见到老罗时，我吓了一跳。他身穿一身沙勒瓦尔卡米兹（Shalwar Kameez），活脱脱一个巴基斯坦人。加入巴基斯坦国籍近十年，行为举止都很贴近巴基斯坦人。唯一不变的，是他有一张典型的中国人的脸和一颗“中国心”，确切地说他依然是个地道的广州人。

晚餐时，我忍不住询问老罗，怎么会想到来巴基斯坦发展，还加入了巴基斯坦国籍，这于很多人来说简直不可思议啊。老罗身上有种成功商人的味道，很幽默：“巴基斯坦好啊，可以娶四个老婆！”他边开玩笑边向旁边满脸黑线的罗太太努努眼，又有点出世哲人的淡然，“其实很正常，早年在这里做生意，为了方便享受政策上的优惠便加入了巴基斯坦国籍。毕竟外国人的身份会受到诸多限制。”而选择拉合尔这座城市，则不仅因为这里是历史古城、金融贸易中心，地理气候又与广州类似，老罗和罗太太对此早就很适应了。家庭旅馆也并非什么主业，而是为中国的朋友行一些方便。老罗既会乌尔都语，又懂拉合尔方言。晚上聊起他年轻时的传奇经历，足可以另写一本书了。老罗答应第二天开车带我去边境看降旗。

翌日上午，我没敢打搅老罗的好梦，早早出门回了老城区。我参观了拉合尔古堡——2010 年上海世博会的巴基斯坦馆正是这座古堡的仿制品；还有与拉合尔古堡交相辉映的巴德夏希清真寺[1]。它也是世界上最大的清真寺之一，建于 1674 年，就伫立在古堡的对面。这里才是“花园城市”的核心。

## 印巴边境奇观

印巴边境降旗仪式在两座城市交界的瓦嘎边境（Wagah），在每天的日落时分举行。不论是从阿姆利则还是从拉合尔都需要驱车 20–30 公里前往。

通常下午三点多钟的时候，通往瓦嘎边境的公路就会变得拥挤起来。马路上有不少 TUTU 车都是载着游客向那里驶去的。无论是在印度还是在巴基斯坦，临

1 “巴德夏希”（Badshahi），乌尔都语“皇帝”的音译，故又称“皇家清真寺”。

近边境的时候安检就特别严格，包裹必须寄存，男女还要分开通道作“仔细检查”。在印度这边，降旗仪式显然更容易被当成一个相对成熟的“表演”，外国游客会被引导至专门的“外国人看台”。而中国人在巴基斯坦则可以享受“超国民待遇”，坐在第一排的 VIP 位置，更为直接地近距离感受。

边境大门重重紧锁。从看台上往下望，印度和巴基斯坦各有一道铁栅门，在它们中间还有一道白色的铁栅门。两边都是体育场式的看台。在正式的降旗仪式开始前，至少有长达半小时循序渐进的热身助兴活动。巴基斯坦这边的“志愿者”敲锣、挥舞大旗鼓动观众。而在印度这边，人们则自发地在看台前随着音乐舞动。由于两国人口差距悬殊，游客去印度的数量又比去巴基斯坦的更多，因此常常是印度看台这边早已座无虚席，而巴基斯坦那块看台上还空着不少位子。

等到太阳要落山了，最精彩的降旗仪式才开始，这是一种极富激情的对峙表演赛，降旗不过一会儿，但表演赛却长达近一个小时。双方的士兵都有至少 1.9 米的个头，分别列队出场。印度士兵着黄褐色上衣、浅色长裤、白色长袜、黑色皮鞋、花色腰带，头顶着大红色的鸡冠帽。巴基斯坦士兵则一身黑色制服，腰间是红黑相间的腰带，头戴圆顶硬帽，硬帽上的装饰物也似孔雀冠。大家脚上是擦得亮铮铮的皮鞋，随着两道铁栅门打开，双方的士兵一轮一轮，一个接着一个表演起来。他们劈腿、跺脚，常常迈几步之后猛一劈腿，仿佛努力要把腿踢过头顶。几轮过后，中间的大门终于打开了。双方士兵中最神气、最魁伟的登场，杀气腾腾冲着对方劈腿而去，这感觉就跟“斗鸡”似的。直到表演完毕，双方随着鼓号声缓缓地降下了国旗——呈对角线斜拉降旗，然后士兵将国旗整齐地折起，端在手中，大步流星地返回自己的阵地。两边的国境大门迅速合拢，夕阳残照。印度大门上高挂着圣雄甘地的肖像，而巴基斯坦的大门上则挂着国父真纳的肖像。

1947 年，印巴分治……

我在笔记本上写下这样的注脚：无论你对历史是否叹息——帝国的衰落总比帝国的崛起容易得多。

仪式中大力“劈腿”的印度士兵

降旗仪式上威武的巴基斯坦士兵

降旗仪式表演极富激情

# 陪妈妈去鼓浪屿

对妈妈来说，去哪里旅行并不重要。真正使她开心的是，这样的旅行是在儿子和儿媳的陪同下完成的。她能因为我们的快乐而由衷感到快乐。那么，陪伴她，她的快乐是否也就是我们的快乐？

妈妈出生在上海，妈妈的名字里有“海”字，可妈妈却从来没见过大海。

她忙碌了一生，却很少有机会出去旅游。她们这代人仿佛就是这样，很少为自己“活着”——为家庭、为孩子可以付出一切，对自己却很苛刻，直到退休才认为终于可以出去走走。妈妈喜欢旅游，毋庸置疑，我觉得我喜爱旅游的天性就来自某种遗传。妈妈想要看海，虽然她从来没有说过，但我知道，我应该带妈妈去看海，带妈妈去旅行，就像曾经妈妈带我出去玩一样。

小时候妈妈带我去佘山的经历还记忆犹新。那座在上海还算有名的佘山，海拔不超过 100 米，甚至都羞于叫做“山”，可小时候，它让我兴奋了很久。出发前一晚，我没能睡着。印象中，那就是妈妈带我出去旅游了。后来的很多寒暑假，妈妈都因为工作的关系，没能陪我去游览祖国的山川。而当我告诉妈妈，我订好了一家人往返厦门的机票时，她故作镇定掩藏了内心的喜悦。

可是出发前的那个晚上，妈妈和小时候的我一样，兴奋得失眠了。她在飞机上这么跟我说时，我不禁哑然失笑——我只是带您去厦门，去鼓浪屿旅行啊，我还没说带你去越南，带你去新加坡呢！我确实曾有这样的打算。

飞机上，妈妈挨着妻子小麦，坐在靠窗的位子上，看着天空一片蔚蓝，云海在底下翻腾，她的脸上满是笑容。

## 鼓浪屿的猫与海

选择出游正是冬季，上海太冷，所以想到南方取暖。这时候阳光不算热烈，大海也并不热情，厦门是不失温润的。那时候春节正接近尾声，厦门也是较为热门的旅行目的地之一。飞机降落在高崎机场时，已是傍晚。带妈妈旅行，不能像平时自己那样只顾一鼓作气，于是我们先在酒店安顿好，就近吃了晚餐，便让妈妈先休息了，而我和小麦则绕了大半个白鹭洲公园，买了小吃回来给妈妈当夜宵。

翌日睡到自然醒，在中山路上吃完早餐，我们就在码头乘船去鼓浪屿。这样的摆渡一点都不陌生，很像在上海的黄浦江上，往来于浦东和浦西那样。妈妈说，你还记得你小时候坐摆渡船的经历吗？我当然记得。我跟小麦说，当时妈妈推着自行车，我坐在自行车上，每天早上从浦东摆渡到浦西，每每江上起了大雾，摆渡船走不了时，大人们万分焦急，我却自得其乐。我们就这么说说笑笑，看着偶

鼓浪屿的沙滩

尔几只水鸟掠过海面，摆渡船靠岸了，妈妈登上了鼓浪屿。

尽管是带妈妈出来旅行，我并没有在鼓浪屿上预订任何旅馆。一方面，我知道鼓浪屿上多的是各种特色的家庭旅馆，时间有的是，边走边看，边看边找，挺有乐趣；另一方面，我也想让妈妈知道，平常我们旅行时是如何寻找旅馆的。做惯了背包客，有时候就显得过于“自虐”——连旅行社安排的所谓自由行，我们都看不上。这对万事求稳妥的妈妈来说，真是个不大不小的挑战。

然而意外的是，这次妈妈的心态十分平和，并不着急解决住宿问题。她也背了一个小旅行包，包的外侧口袋上插着水壶。我们沿着鼓浪屿的海岸线，顺时针行走。一路上妈妈充满了好奇，一会儿要“跟郑成功合影”，一会儿要在海滩边“作眺望状”，一会儿要“尝尝路边的百香果”——她似恢复了童心，要做一回“老顽童”。

如你所知，靠海的旅店生意兴隆，春节未完，多是高昂的住宿价格与满员的客房状况，我们并不以为然。离码头很近的地方，过于热闹了。海滩上也都是人。我想起“旅游高峰”时的厦门，有记者随机采访来旅游的小孩子，“海滩好不好

鼓浪屿的日落

玩呀？”孩子回答，一点不好玩，因为海滩上到处都是“屁股”——人太多了，可孩子还矮小，眼前看到的当然满眼都是屁股了。

“听见涛声”也未必是件幸福的事儿。在找住宿的时候，有客人抱怨，“住在海边，晚上睡也睡不好，因为海浪声实在吵得受不了”。我们还是兀自沿着海岸线闲逛，来到鼓浪屿的南端，那里海水清澈，游人少了不少。妈妈又驻足看了一会儿，这可真是她与大海的“第一次亲密接触”呢！后来，她又来看了一会儿夕阳。大海果然波澜壮阔，日落也美得一塌糊涂。

我说，鼓浪屿的味道，不仅仅是海的味道，还有文化的味道和宁静的生活气息。我带妈妈参观那些历史文化建筑，并往岛的中部逛去。那里有很多僻静之所，也有很多文艺青年所追求的小资情调。我们一直走到内厝澳小巷，在“鼓浪美”旅馆住了下来——那里真是曲径通幽之处，不似海边那般热门和好寻，自然还有空房，价格也比较公道。旅馆干净、整洁，和大多数家庭旅馆一样，庭院里各种小摆设很有心思，客房的墙壁上也有温馨的彩绘。旅馆里的明星是两只短尾猫——老板说，曾有客人专程来这里住宿就是为了看猫。鼓浪屿，是著名的“猫岛”嘛。

生意兴隆的张三疯奶茶铺

妈妈说，自己的体力只能玩半天，而我们可以玩全天。其实，她是想让我和妻子自由地去岛上随意逛逛，享受一会儿两人世界。

妈妈说不寂寞，因为她也想逗猫；妈妈还舍不得房间里的电视剧，那里正播着《甄嬛传》。

## 面朝大海，春暖花开

鼓浪屿就是那种适合住上一阵子的地方，妈妈说在这里疗养真是不错。住了两天，毫无主题地闲逛了一阵。“赵小姐的店，这名字不错。”妈妈手里捧着“张三疯奶茶”说道。龙头路上有很多小吃，海蛎煎、土笋冻，不论吃不吃得惯，妈妈都尝了尝鲜。

妈妈信佛，于是回到厦门本岛后我带妈妈去香火圣地南普陀寺拜了一拜。毗邻便是厦门大学，我们便在那儿住了下来。厦门大学被认为是中国最“文艺”的大学之一，著名的芙蓉隧道里就有许多学生的涂鸦创作，文艺范儿十足。妈妈说，这哪是一个大学呀？分明就是一座与大自然巧妙融合的“植物园”。无怪乎，“厦大”还入选了全球最美大学校园呢。

厦门大学依山傍水，中西合璧，面朝大海。

尤其是那一片白城沙滩，试问国内还有哪所大学能坐拥这等“推窗面海”的地理位置呢？白城沙滩真是得天独厚，头一天我们陪着妈妈从海滩旁的栈桥走过，第二天她又偷偷坐着公交车跑到海边拍了许多照片。沙滩上有漫步的情侣，有放飞风筝的孩子，还有一些水上活动。妈妈甚至脱下了鞋子，去感受了一下海水的温度。二月，虽然已经立春，海水还是凉的。

面朝大海，春暖花开。妈妈说，她懂得这种意境。

妈妈在厦门大学里看见了鲁迅塑像，她的反应是，“原来鲁迅塑像不止在上海鲁迅公园有啊？”我说鲁迅先生在北京、上海、厦门都待过，这些地方都有他的故居，都有他的纪念馆。“嗯，加上他绍兴老家，鲁迅可真有钱，有好多房子。”妈妈是不是在说笑话呀，我和小麦都忍不住笑了。

南普陀寺内

鼓浪屿上的小径

厦门大学校园一景

芙蓉隧道中的艺术涂鸦

对妈妈来说，去哪里旅行并不重要。真正使她开心的是，这样的旅行是在儿子和儿媳的陪同下完成的。她能因为我们的快乐而由衷感到快乐。那么，陪伴她，她的快乐是否也就是我们的快乐？

每一个做子女的心中皆有答案。

PART 3

# 旅途·下·回归

走得足够远，别忘记了为何出发。

在旅途上重拾自己，

也带回更好的自己。

周而复始，回归与启程，

是最好的轮回。

# 出埃及记

如果旅行不仅仅只为了沿途的风景，还在于发现那个真实的、最好的自我，那么毫无疑问，特殊时期的埃及之旅让我遇见了一个镇定、坦然、勇敢的自己。

去现代埃及旅行，能看到些什么？金字塔狮身人面像？木乃伊？尼罗河？或是跟古埃及人毫无关联的现代阿拉伯人？可能还要加上一条——令人捉摸不透的埃及政治。自突尼斯“茉莉花革命”始，“阿拉伯之春”运动已经过去三年多了。它让北非和中东地区的几个阿拉伯国家陷入了动荡，埃及也是其中“极不走运”的一员。2011 年 1 月 25 日，埃及首都开罗街头爆发民众大规模示威游行，形势很快蔓延至多个城市，18 天的连续抗议，使得当政 40 年的埃及总统“末代法老”穆巴拉克黯然下台。人们原本期盼的民主宪政道路并没能出现，三年以后，埃及动荡的新闻仍不绝于耳，埃及的政治转型之路漫长而又艰难。

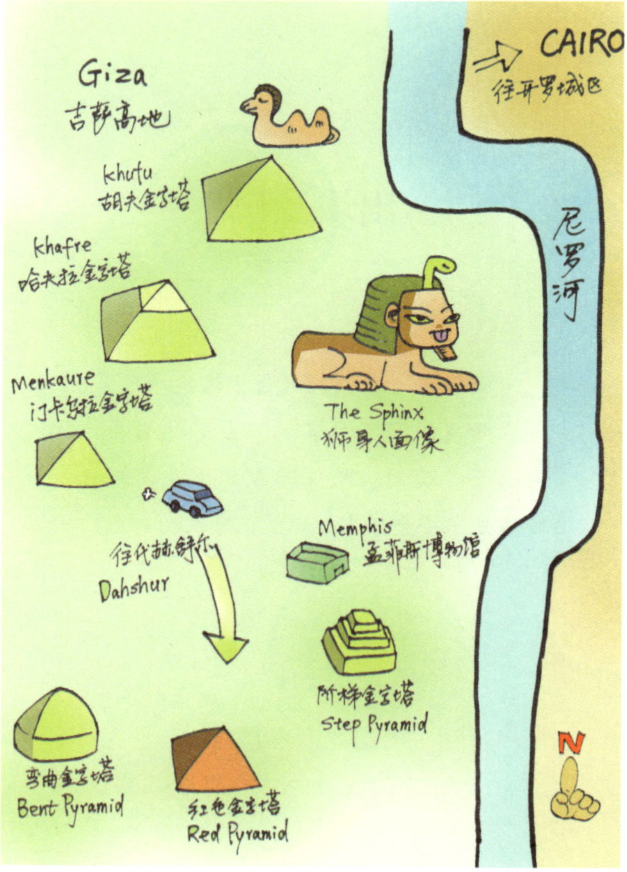


开罗金字塔位置示意图

第一座金字塔——阶梯金字塔

三年前的那个时候，我恰巧在埃及旅行。这算是我的幸运还是不幸？三年之后重新审视自己亲历的现代埃及最为重要的历史一页，心怀感激的成分明显多过我与红海擦肩而过的遗憾。也或许，只有回头看时，我才能清晰地发现旅行中那个最坚强的自我，邂逅在旅行中最美好的一个自我。

## 静谧如斯，屹立千年的金字塔

当地时间 2011 年 1 月 28 日清晨，我和同伴顺利走出开罗机场，一切都显得平静正常，当时我并不知道，比我们稍晚的两个航班在抵达埃及首都后旋即作了返航。埃及局势有多严重，在前来接机的阿拉伯司机口中很是轻描淡写。汽车在一片黄灰建筑包围下的公路上行驶，不多久便将我们送到了解放广场旁预订的酒店 HOTEL LUNA。长途飞行后我们顾不上歇息，就在酒店订了个车，前往金字塔游览。虽然让酒店包车肯定要比自己找车贵，但恰恰是酒店为我们雇用的司机哈特曼大叔敬业尽职，保障了我们一整日的安全。

包车金字塔一日游是自助游最经典的玩法，先去距离最远的代赫舒尔

远眺吉萨高地金字塔群

（Dahshur），看弯曲金字塔和红色金字塔。继而参观孟菲斯博物馆和古埃及历史上第一座金字塔——阶梯金字塔。下午驱车"错峰"抵达吉萨高地，那时游人稀少，最适合游览著名的吉萨金字塔群。

第一座金字塔建造于古埃及第三王朝的法老祖塞尔时期。据《埃及考古学》[1]介绍，金字塔起源于古埃及人名曰"马斯塔巴"的贵族墓葬，其地表部分是一些梯形的"小房子"，首座金字塔就由它启发而来。人们习惯称其为阶梯金字塔（Step Pyramid），最初是四层阶梯，后来发展成六层阶梯，由当时的宰相伊姆霍特普负责修建，距今有4600多年的历史。后来，第四王朝的法老斯内夫鲁（他是著名的胡夫法老的父亲）在代赫舒尔建造了弯曲金字塔（Bent Pyramid），这是一次接近成功的尝试，由于在建造的中途改变了金字塔的角度，因而没有坍塌。完成之后，斯内夫鲁并不满意，于是又建造了石材为红色石灰石的红色金字塔（Red Pyramid），这是历史上第一座成功的角锥形金字塔，为后来的金字塔确立了范式。

1　刘文鹏著，生活·读书·新知三联书店2008年版。

卡纳克神庙巨柱石阵

开罗拉美西斯火车站前坦克上街

骚乱后的现场

在第四王朝，金字塔发展达到了顶峰。法老胡夫于公元前2550年左右建造了吉萨大金字塔，也就是著名的胡夫金字塔。他的小儿子哈夫拉又建造了哈夫拉金字塔与狮身人面像。哈夫拉的继承者门卡乌拉又建造了稍小的一座金字塔。这些金字塔成为屹立在吉萨高地千年不倒的不朽建筑。在巴黎埃菲尔铁塔建成之前，胡夫金字塔是地球上最高的人类建筑物，以146米的高度，保持了四千多年的纪录。

下午的吉萨景区游人稀少，因“宰客”而臭名昭著的骆驼商人都懒得向你推销自己的骆驼或马匹。此时，我们不知道在另一边的开罗城里，早已闹哄哄乱作了一团。这一刻，我们只是被古埃及人的智慧征服，为雄奇的大金字塔而惊叹。夕阳下，阳光斜射在金字塔上，散发出金灿灿的光芒。景区静谧得不可思议。古埃及谚语说，人类害怕时间，时间害怕金字塔。几千年来它们一直矗立着，静悄悄地凝视着人类世界的地平线。而人类终究是渺小的。许多人一生匆忙无为，在历史的眼中不过是一群推球的蜣螂。永恒与永生的意义，凡人永远不懂。

## 开罗“沦陷”，千里狂奔阿斯旺

三年之后，我还依然记得哈特曼大叔那紧张的神情，依然记得那个惊心动魄的夜晚。从吉萨景区出来，哈特曼大叔早已等得不耐烦了，他焦急地告诉我们：开罗城里再次爆发了大规模的示威游行，冲突升级。他必须把我们尽快送回酒店。然而多条道路遭到封锁，大叔甚至几次无奈将轿车驶上了逆行车道。城里有浓烟飘向天空，不断有调头开来的汽车报信“此路不通”。救护车嘶叫着穿进小巷。几次失败的尝试后，哈特曼大叔冒着被暴徒砸车的危险将轿车扔在尼罗河边，决定带我们步行进入市区。“我们现在只能走回去了。”大叔说道，“跟着我走，顺利的话，20分钟就能到宾馆。”此时我们完全没料到，这20分钟最终变成了令人崩溃的200分钟。

我们几乎走进了示威游行的队伍，道路上满是手举国旗和标语的埃及青年。最初，我们只是觉得有些刺激，因为尽管人群浩荡，但颇有秩序。很多人也都举着手机拍照，感觉有点像在逛庙会。他们从尼罗河的西岸往东面聚集。然而一旦进入市中心，游行者与警察就发生了对峙，流血事件不断。空气中到处弥漫着瓦斯味。太阳下山了，夜幕升起。大叔试图带我们穿小巷行进，却常常以失败告终。

哈特谢普苏特神庙的女法老雕像

位于伊德富的荷鲁斯神庙

尼罗河上的三桅小帆船

阿斯旺的市场一景

我们完全迷失在开罗的街衢中，这些小巷几乎一模一样，黑夜里根本分不清东南西北。被堵在巷道里的除了我们，还有几位西班牙游客。我们聊天，互相安慰。在一条巷道尽头的主干道上，警察与示威者发生了冲突。我们转身撤到另一条街道上，一颗催泪弹恰巧在不远处炸响，霎时令我们睁不开眼。一股强烈的刺激性气味扑面而来，眼睛、鼻子、嘴唇，顿时感到酸涩无比。大家用手帕捂着口鼻逃离，我瞥见一眼，那条街上熊熊的火光冲天，一辆汽车正在燃烧。

我们都不知道最后是怎么在哈特曼大叔的护送下安全回到酒店的。酒店楼下全是荷枪实弹的警察，他们颇显疲惫地席地而坐，手里还竖着盾牌。钻进酒店，乘坐老旧的电梯上到五楼，前台看见我们的狼狈样都笑了："你们真该好好谢谢哈特曼大叔。"大叔拒绝了我们的小费，坐在大厅里喝茶，目光聚焦在电视机的新闻直播上，眉头紧锁，若有所思。这是埃及人给我留下的最深刻的印象。大叔是友好、善良、朴实的埃及人的一张城市名片。

离开开罗！当务之急必须离开开罗。趁着翌日清晨游行暂时停歇，大伙赶忙退房打车前往拉美西斯火车站，寻求南下阿斯旺。火车站已被坦克包围，由军方控制，此时一票难求，国际游客焦急地挤在售票厅里。但我们还是幸运地在大厅与三位加拿大游客和一对台湾夫妇结伴成功，找到一辆前往"上埃及"旅游重镇阿斯旺的迷你巴士，"拼车"胜利大逃亡似地离开了这个"是非之地"。一路上，不断有军队和坦克驶向开罗。经过大约 11 个小时的沙漠之旅，我们抵达了阿斯旺——这里果然如我们预料的那样，是个安全、祥和的小镇，尼罗河静静地流淌，仿佛与开罗是两个完全截然不同的世界。

## 埃及 120 小时，抉择去留两依依

我们几人乘坐着埃及三桅小帆船（Felucca）在阿斯旺的尼罗河上漂流。尼罗河的日落美极了。我们在小船上躺着享受日光，打开手机，各种问候短信早已铺天盖地炸了锅。加拿大人凯文告诉我们来自 CNN 或 BBC 的新闻消息，努比亚人船长说了说他们在电视新闻里看到的情况，我们的朋友则用电话或短信告之我们国内的报道。信息时代的好处就是，信息不是封闭的，信息也不是唯一的。对于特殊时期的我们而言，搜集信息、处理信息才是最关键的，这是我们作出合理判

断的唯一途径。

伙伴们大都乐观，因为我们是一条绳上的“蚂蚱”，同舟共济，一起进退。据分析，骚乱集中在“下埃及”地区的开罗、亚历山大与苏伊士，对“上埃及”地区的影响不大。与其忧心忡忡不如坦然面对，我们以平和的心态按计划游览景点。台湾夫妇与我们一起结伴从阿斯旺一直游览到伊德富、卢克索。这里有古埃及第十九王朝塞提一世、拉美西斯二世以及托勒密王朝时期留下的众多神庙遗迹。

埃及当地时间 2 月 1 日清晨，我收到朋友从国内发来的短信：“你们回国的航班已经取消，赶紧和航空公司联系啊！”消息属实，也能理解。因事态升级，导致国内原来飞往埃及的航班全部取消，自然就没有返程的航班了。这次事件远比我们想象得严重，“撤侨”、“撤游客”的包机陆续飞抵埃及。我和同伴们商量了一下行程，决定继续游览卢克索西岸与东岸，但可能得考虑放弃继续前往红海的计划。至于如何回国，不排除改签其他国家航空公司航班的可能。事态每天都在变化，让我们有些沮丧，但我们并没有将困难看得多么巨大，尤其是埃及人的乐观、友好，一定程度上冲淡了我们身处“险境”的感受，也激励我们变得更坚强。

在帝王谷游览时，我们遇到了一些中国游客，听他们说“千万不能返回开罗”，因为开罗当天正举行“百万人大游行”，开罗机场滞留了大批旅客。我决定给大使馆打电话，了解详情。大使馆告诉我们，卢克索是安全的，并且大使馆已经派专员到卢克索接中国游客。当晚会有一架南航包机接回滞留在卢克索的香港旅行团，建议大陆散客可自行前往机场，搭机回国。

这究竟算是好消息，还是坏消息呢？帝王谷晴朗干燥、酷热难当，哈特谢普苏特神庙的女法老雕像一脸神秘的微笑，卡纳克神庙的巨柱石阵还让我们流连忘返……

在亲朋好友的眼中，埃及惊魂 120 小时之后，我们终于平平安安乘上了由埃及卢克索飞往香港的包机，有惊无险。隔着窗玻璃，我看不见西奈半岛，看不见红海，只有厚厚的云海，然后我——沉沉睡去。

哈夫拉金字塔与狮身人面像

每次闭上眼睛，你的容颜更清晰。一个清晰的现代埃及的轮廓，一个清晰的旅行中的自我。如果旅行不仅仅只为了沿途的风景，还在于发现那个真实的、最好的自我，那么毫无疑问我已经遇见了。遇见了那个在埃及镇定、坦然、勇敢的自己。

多年以后，我仍会感谢这次特殊的旅行。

# 一封寄给阿里大叔的信

何谓人生的意义，何谓幸福？此时那些在华屋软榻上歇息的人，比露宿雪山冰川旁的人活得更幸福、更有意义吗？世界丰富多彩、参差多态，从你待腻了的地方到别人待腻了的地方去，你能生活下去吗？

阿里大叔：

见信好！

还记得我们这些中国朋友吗？夏天的时候我和我的妻子、朋友有幸在巴基斯坦度过了一段美好的旅行时光，尤其是在斯卡都[1]地区您的帮助下完成的徒步经历让我们印象深刻。我们是在 Khaplu 村遇见您的。那天清晨我们乘坐了好几个钟头的迷你巴士从斯卡都辗转而至，一边在路旁小店里喝茶一边等待前往 Hushe 村的汽车。正好您也在那边喝茶，您还把自己当伙计似的给大家添茶。我们与您一见如故。您介绍说自己家就住在 Hushe 村，还不止一次地招待过远道而来的中国朋友，并向我们发出了邀请——这真是莫大的荣幸。

在前往被称为文明世界尽头、冷酷仙境的 Hushe 村的路上，很容易遇见出名的登山协作。恰巧阿里大叔就是一位具有 20 年登山协作经历的高山向导。他有着标志性的络腮白胡子，眼神和蔼，极具亲和力和说服力。从 Khaplu 到 Hushe 没有班车，阿里大叔为我们找到一辆拉木材的皮卡。我们是跟一堆造房子的板材一起被拉到文明世界的边缘的。我有些怀疑地问阿里大叔："在装满了木材的车斗上再搭载乘客，太危险了吧？我们或许应当另寻一辆汽车？"大叔信心满满地安慰我说没问题。"没问题"——这是许多巴基斯坦人的口头禅。很多时候，他们甚至没有听懂你的诉求，就会满嘴"No problem"——这正是我们的顾忌。大叔把我和小麦安排在驾驶室，自己翻上了车斗。他想给予我更多的安全感。

尽管心中惴惴不安，吉普还是像风一样上路了。它往层层山峦中驶去，稳当地爬过吊桥，在田野和零星的村庄中欢快地穿梭。司机师傅还不忘揶揄我一番："Safe？ Dangerous？"中途路过一个村庄卸了木头，我和阿里大叔换了位，我请老人家到驾驶室坐，毕竟外头风大。阿里大叔至多 50 岁光景，但在万山之王乔戈里峰（K2）脚下工作，已略显老态——巴基斯坦男人总显得比实际年龄成熟许多。我和资深驴友大 Z 在车斗上有说有笑，但还不忘时不时地低头躲避路边伸出的枝丫，免得刮着脸颊。一把一把树叶就从我们头顶掠过，身体弹簧似的来回

1 斯卡都位于克什米尔巴基斯坦实际控制区内，是从南部攀登世界第二高峰乔戈里峰的出发地。

下蹲，像是在游乐园乘坐“激流勇进”。

Hushe 村就在茂盛田园和羊肠小道的尽头，三面合围乃是壁立千仞的高山。有些山顶是终年不化的积雪。手机信号完全消失了，这里已经是文明世界难以覆盖到的边缘——再往前去，已了无人烟。那些从 Askole 村出发前往 K2 大本营的徒步客完成穿越后便能抵达 Hushe 村。这两个村一个是起点，一个是终点，而连接两者之间的徒步线路则被认为是地球上最接近月球表面的荒凉高地。

非常感谢在 Hushe 村您家中那几日您对我们的热忱款待。虽然至今回想起来，有时候我们并不能完全适应巴基斯坦大米、咖喱、恰巴提以及酸奶的口味，但我知道那是您特地用来款待我们这些客人的。感谢您向真主安拉虔诚地祈祷。也感谢您和您的两个儿子为我们担当徒步向导、挑夫，使我们顺利地完成了在 Humbrok 的徒步。我想说，山中的日子会让我终生难忘，雪山、星辰，那是多么完美的画卷。那时，我在大自然跟前好好地思索了人生的意义。

我随行囊带的两包榨菜全部消耗在了阿里大叔的家中。通常来说，这是我不到万不得已时才开启的“开胃小菜”。我们的胃显然很难应付真正的、传统的巴基斯坦食物，尤其是那种类似泰国大米似的长颗粒的硬米饭。他们就着一些咖喱

登山协作（右为阿里大叔）

K2 徒步路线图

蔬菜糊或者饼子就能下咽，但我总觉得米饭仿佛就没蒸熟。好客的阿里大叔还给每个客人盛上了满满一盘。

阿里大叔腾出了家中的一个卧室。说是卧室，其实就连他们自己也没有一张床，而是在地上铺上褥子。吃饭时我们就像日本人那样跪坐在一个木制的茶几跟前。正对的房间墙壁上有一张巴基斯坦前总理贝·布托的海报。看得出，这位遇刺的前总理、巴基斯坦人民党的领袖很受阿里大叔的爱戴。

有一件事情没有在信中提及，可在当时却让我们苦恼至极，那就是在山中与虱子“大作战”的不堪回忆。无论我们是合衣而眠，将自己包裹得像粽子似的或是躲在严密的睡袋里，跳蚤总能钻进身来，它们不叮咬阿里大叔和其家人，倒是在我们这些远道而来的客人身上“开荤”。因此当完成徒步返回斯卡都后，体无完肤的我所做的第一件事便是去当地的药房寻找专治蚤蝇叮咬的药膏，小麦则把

俯瞰斯卡都

Hushe 村所在的山谷

所有穿过的衣物一股脑儿浸泡在了热水中。

可是在 Hushe 就不用指望洗澡或是热水了。整个村庄都显得简单或者说简陋。村里到处是光着脚丫流着鼻涕奔跑的孩子，尽管他们的物质世界相对贫瘠，但脸上却洋溢着烂漫的笑容，眼神羞涩却透露出饱满的激情。星期五的下午，村里的人们几乎都前往简易的“清真寺”祷告去了。阿里大叔对我说：“我要去向真主安拉祈祷。祈祷好天气，明天我们去 Humbrok，但愿能远远地眺望 K2。”

翌日清晨，多云的天空果然渐渐被阳光撕开。村庄正北的 K1 首先显露峥嵘。K1 是海拔 7821 米的马夏布洛姆峰。1856 年，英国军官蒙哥马利（J.T. Montgomerie）从 200 公里外测量了喀喇昆仑山脉的一些高峰，并对这些山峰自西向东做了编号，编号以字母 K 开头，代表喀喇昆仑 (Karakoram)：K1 马夏布洛姆峰（Masherbrum，7821 米）、K2 乔戈里峰（Qogir，8611 米）、K3 布洛阿特峰（Broad Peak，8051 米）、K4 加舒尔布鲁木Ⅱ峰（Gasherbrum Ⅱ，8035 米）、K5 加舒尔布鲁木Ⅰ峰（Gasherbrum Ⅰ，8080 米）。沿用至今也是最著名的仍是 K2 乔戈里峰。但直插云端的马夏布洛姆峰仍旧是登山界有名的“杀人峰”。

我们这次的徒步线路是从 Hushe 村出发到 Humbrok 山，住一晚之后再原路返回。阿里大叔 13 岁的小儿子 Nazir Abbas 背起我们的行囊在前面领路，我们离开了海拔 3050 米的村庄。越过融水湍急的 Hushe 河，拐进西面的山坳，海拔拾

阿里大叔为我们找到了一辆皮卡

级而上。一小时后，阿里大叔 20 岁的大儿子 Afzal Hussain 背着我们在山中露营所要用的帐篷、睡袋、干粮赶了上来——他体力好，脚上蹬着双拖鞋，晚出发半小时却能在我们行进到 1/3 时就赶上了上气不接下气的我们。阿里大叔的耐力更好，一个半小时后，我们在山崖上歇息时，就远远地望见了他的身影。那个小点只是一眨眼的工夫就渐渐靠近了。

我们曾经在尼泊尔的徒步经验在这里都变得不值一提了。很多地方根本没有所谓的“道路”，阿里的小儿子在前面开道，我们就踩着直上直下的巨石蜿蜒前行。山对面斜坡上有几只牦牛正漠然地注视着我们。我们思忖着：“这群牦牛为什么能稳如泰山地伫立在奇陡无比的山坡上？”牦牛们也一定在笑话我们：“又有游客吃饱了撑的想要去山顶看 K2 了。”

Humbrok 半山有一片牧场。山上只有用石块垒起来的房子。那些矮小的石头房子到处都是空隙，晚上睡觉时冷风一定飕飕地往里钻，幸好我们睡在帐篷里。阿里的大儿子已经选好了露营位置正在搭建帐篷。山上的妇女裹着头巾，只露出美丽的大眼睛。她们捡拾牛粪并将它们拍打成一块块“饼”晒干，就跟打造艺术品似的。她们的孩子则把跑远的牦牛驱赶回来，谁知道山上是不是还有野狼呢？

半夜的时候，我睡不着，身体裹在睡袋里，只把脑袋露出帐篷，就这样仰面望着天空。就跟在巴基斯坦“风之谷”时一样，疑似银河落九天，跌入眼，夜难眠，心中感慨万千。“何谓人生的意义，何谓幸福？此时那些在华屋软榻上歇息的人，比露宿雪山冰川旁的人活得更幸福、更有意义吗？”《中国国家地理》主编单之蔷曾有过这样的发问。世界丰富多彩、参差多态，从你待腻了的地方到别人待腻了的地方去，你能生活下去吗？

我想起晚饭时与阿里大叔聊天，“很多中国城市里的年轻人没有梦想，他们最大的梦想可能就是能拥有一套房子，于是很多人拼命工作、挣钱，一不小心可能就成了房奴”。阿里大叔一边听一边诧异地睁大了眼。在我们看来巴基斯坦人在生活方面的随性态度简直不可思议，而他们对于友邦中国人所描述的神奇国度，不也同样会觉得难以置信吗？所谓的“交换空间”、“交换生活”应该很难吧。

第二天返程前，阿里大叔带我们爬到 Spang-e-Go 的观景点去远眺 K2。事实上，能不能看见 K2 已经不重要了。K2 这个影像早已在徒步者的脑海里重复了上千遍。真正需要享受的，是人在旅途中的各种经历，真正难忘的不是目的地，而是沿途

Humbrok 牧场的当地妇女

Humbrok 牧场

的风景。

回斯卡都的那段旅程又生出些波折。阿里大叔曾幽默地给出两个消息："我有一个好消息，一个坏消息。你们想听哪一个？"我选择先听坏消息——"坏消息是，因为降雨，来时的道路遭到了破坏，一天前一场泥石流吞噬了沿途的一个村庄，公路完全中断了！""好消息是，我找到了一辆返程的吉普车，我们可以绕道河谷对岸去 Khaplu，再回斯卡都。只是多费几小时路程。"关于几天来所产生的食宿、向导费用，大叔只很平淡地说了一句："As you like！"（您看着给吧！）朴实的老人仍旧睡在车厢的最后一排，只有把客人平安送回斯卡都他才放心。

离开斯卡都以后，我们前往了伊斯兰堡，后来还去了拉瓦尔品第、拉合尔。我们非常喜欢巴基斯坦。巴基斯坦人民热情、友好、善良。如果有机会，我们还会来巴基斯坦，来喀喇昆仑山区徒步的。随信给您寄上一些当时的照片，作为纪念。也希望传递中国人民对巴基斯坦人民的友谊，祝福中巴友谊地久天长！祝福您和您的家人幸福安康！

你们的中国朋友：唐小六

# 重返中世纪

现代和过去自然结合在一起，纷繁的宗教仪式和世俗的生活缠绕在一起，这便是尼泊尔。能够重返中世纪，依然是加德满都谷地的魅力所在。

今天人们去西藏旅游变得简单了，去邻国尼泊尔旅行也不困难。坐飞机飞越珠峰来到喜马拉雅山南麓，或者从拉萨罗布林卡路13号获得尼泊尔签证，沿着雅鲁藏布江河谷，经日喀则、聂拉木，在樟木口岸过境，两天内你就能抵达加德满都。如今泰米尔区里几乎到处是中国人的身影。加德满都山谷有足够的包容性，加之低廉的旅游消费，这里值得待上好几天——退回到中世纪，当时的加德满都山谷曾分裂成加德满都、帕坦、巴德岗三个独立王国。几百年后，三处城市的杜巴广场都还保留着中世纪的风貌，并分别入选为世界文化遗产。2013年的夏天，我已是第三度来到尼泊尔，想要找寻的依然是重返中世纪的味道。

## 重返巴德岗

樟木口岸比过去繁忙了许多，出境的游客队伍排起了长龙。过了友谊桥便算出了国门，在办理完尼泊尔的入境手续后，需要找一辆车子去加德满都，车程大约五个小时。旅游业带来巨大的商机，因此让口岸变得热闹，选择车子的余地也比过去更多了。我记得第一次就是从这条陆路坐吉普车前往加德满都的，而这次我很幸运地搭乘到一辆旅游巴士。巴士上有两位通晓中文的尼泊尔导游，来口岸接十多位中国散客。他们的第一站就是巴德岗。

巴德岗按照音译应该称为“巴克塔普尔”（Bhaktapur），在尼泊尔语中意为“稻米之城”或“虔诚之城”，距离加德满都约有14公里。相比交通拥堵、人口集聚并且游人如织的加德满都，巴德岗的巷道稍显宁静。“即便尼泊尔一无所有，只要巴克塔普尔的杜巴广场还在，就值得你绕过半个地球去看她。”[1]——巴德岗的杜巴广场被各种旅行书籍和攻略推荐为最值得一去的地方，而且中国公民持护照享受的是100卢比（约人民币5元）门票的优待。

回想第一次来巴德岗的经历，我手捧着LP圣经寻找古城中孔雀窗、黄金门、色情大象庙的位置——初来的游客，只想着去看看标志性的景点。如今，我带着新结识的朋友回顾这座中世纪遗风的古城，自觉可以算是那两位尼泊尔导游以外的半个导游了。巴德岗是由公元12世纪阿南达·马拉国王兴建的，短暂的马拉

1　参见E.A.Powell, *The Last Home of Mystery*, London,1929。

孔雀窗

巴德岗羞涩的尼泊尔少女

王朝曾统一过加德满都谷地。在全盛时期，巴德岗曾拥有172座神庙和寺院。战争和地震曾数次摧残这座城市，但巴德岗依然“幸存”了下来。20世纪70年代，由德国人资助的“巴克塔普尔发展计划”致力于修复建筑、铺路、修建排水和污水管理设施，使得巴德岗得以保持中世纪的原貌。

当游客们饶有兴致地参观“黄金门”的时候，我则在广场上拍摄各种人文景观。“慢生活”的尼泊尔人在杜巴广场上可以一坐就是一个下午。淳朴的小女生在神庙的柱子后面害羞地躲避着我的长焦镜头。雨季里说来就来的阵雨顷刻间倾倒下来，我就在唐卡店里避雨。小巷的街道里到处是传统工艺品商店：陶器、木雕、面具、唐卡——趁这场雨的时间我可以静静地观赏匠人们的技艺。而此时的中国游客，可能就在某座神庙底下的咖啡馆里喝着红茶避雨。

是现代生活镶嵌式地侵入了中世纪的画面，还是中世纪的风味打破了现代节奏？

这场雨一下就是一个小时。

## 重返加德满都

这一次抵达加德满都的时候已是夜晚。有些辨别不清方向的我，就在旅行团下榻的那个酒店将就住了下来。等到翌日，我出门转转，感觉就像回到了自己家乡似的。是的，我对这里太过于熟悉，唯一不适应的是，几

黄金门上精美的铜铸

跟着 LP 圣经找到黄金门

广场上招揽“生意”的“苦行僧”

布达哈大佛塔

帕坦杜巴广场

年时间内，来这里旅游的中国游客翻了好几倍。

加德满都杜巴广场的门票也从最初的200卢比猛涨至750卢比。因为我对这里四通八达的小巷十分熟悉，所以能很轻松地避开几个主要的收费口绕进广场。我习惯性地坐到湿婆–帕尔瓦蒂神庙的高处，静静地俯瞰广场上人来人往。时光可以凝滞，我的思绪可以在现代与中世纪自由往来。在我身边常有年轻的情侣谈情说爱。一旁就是白色的哈努曼宫，又称为“老皇宫”。记得我第一次造访尼泊尔的时候，就在这座“博物馆”里待了许久。

广场上有数不尽的鸽子。游客买一把鸽食，便会吸引那些鸽子，而如果突然闯进去，则会惊起鸽子铺天盖地一阵骚动。广场上还有招揽“生意”的“苦行僧”们，他们通过与外国游客合影赚取小费，从这个意义上说，他们也许只是“演员”，算不得真正的苦行僧。我也会去拍摄一下广场上的“色情艺术”，这里的寺庙木雕上偶尔也会有些“男女交合”的画面，当然规模比不上印度克久拉霍，略显粗糙。在离开杜巴广场以前，我一定会去看一看独木庙（Kasthamandap），加德满都（Kathmandu）即取源于这个词语，先有了独木庙——公元12世纪由一棵婆罗双树取材建成的庙宇，然后才有了这座城市。

加德满都共有六处世界文化遗产——除了加德满都、帕坦和巴德岗的三大杜巴广场外，还有“猴庙”、布达哈大佛塔以及“烧尸庙”帕斯帕提纳神庙。我习惯了一个人从杜巴广场走到“猴庙”斯瓦扬布纳特寺。而今这里的猴子越发变得胆大了，竟然硬生生从我手中夺去了一根刚刚烤熟的玉米。夕阳西下时，我打车去布达哈大佛塔。三次造访尼泊尔，三次都在这个时分。三次我都坐在同一家餐厅的顶楼，拍摄余晖落在佛塔上的景象。

这一回，更为幸运。我拍摄到了佛塔上的两道彩虹。

## 重返帕坦

巴格马蒂圣河将帕坦与加德满都隔开。

帕坦有着悠久的历史文化，城市四角的佛塔据说建于公元前250年左右阿育王弘扬佛教之时。在梵语里，帕坦被称为“Lalitpur”，意为“美丽之城”。这里的居民大约有80%是佛教徒。这里也是当之无愧的“艺术之都”——尼泊尔历史

“猴庙”里的菩萨雕像

加德满都杜巴广场上的雕像

尤加·纳兰德拉·马拉国王雕像

上有很多著名的画家和匠人皆出于帕坦。譬如这里就是元朝时期来华的尼泊尔艺匠阿尼哥的故乡，北京妙应寺的白塔就是由他设计和监造的。

重返帕坦！我必须重返帕坦！我总将它作为临别时的压轴经典——这里的杜巴广场上到处都是寺庙，其建筑的密集程度大大超过了加德满都和巴德岗。无论是克里须那神庙，还是黑天神庙，雕刻都那么精美绝伦。神庙前的石狮子栩栩如生。广场中央的石柱上是帕坦国王尤加·纳兰德拉·马拉的雕像。那尊雕像金光闪闪，国王坐在莲花底座上，正对着旧日的王宫，今日的博物馆。一条眼镜蛇从身后罩在头顶，眼镜蛇上还站着一只小鸟——传说只要这只小鸟还在，王宫的门就会为国王敞开，时刻迎接国王的归来。

漫步在广场中，到处都有奇妙的传说。

独木庙

古城外摩托车、铃木汽车信马由缰在巷子里急驶；天空中不时有航班起落；甚至离帕坦不远还有加德满都唯一的一所动物园；现代化和全球化以不可逆转之势慢慢侵入这个“中世纪”王国。尽管如此，阳光、建筑、悠闲气氛、运气好时碰上的宗教节日，以及神庙屋顶的鸽子粪，都像在告诉你，时光隧道的门依然随时敞开。

现代和过去自然结合在一起，纷繁的宗教仪式和世俗的生活缠绕在一起，这便是尼泊尔。能够重返中世纪，依然是加德满都谷地的魅力所在。

# 寻找米开朗琪罗

想要细细品味的艺术品有那么多，我最渴望寻找的却是米开朗琪罗的印记。从石膏像到艺术品原件，他能带我穿越回童年，回到曾经学画的时光。

童年和青少年时代的经历对一个人的一生都会有潜移默化的影响。小时候我最大的兴趣爱好便是绘画，在十多年的学画生涯里，我可以很安心地静坐在画室里、画板前，面对各种石膏头像兴趣盎然地、没有丝毫厌倦地画着素描。所以我可能比大多数人更早知道米开朗琪罗的大名，也应该更了解他。这位15–16世纪意大利著名的雕塑家、建筑家、画家，终其一生创作并留下了不少艺术作品。他与达·芬奇、拉斐尔并称为“文艺复兴三杰”。十多年前，我可没敢奢望有一天能有机会看见那些艺术品原件，我知道——它们远在欧洲。

直到2012年夏天，我的欧洲之旅将我拉进时光隧道带回了少年时代，那些石膏像，那些书本上再熟悉不过的画作从幻象中被剥离出来，“点石成金”般地展现在我的眼前。

“你学画那么多年，对那些作品一定不陌生，这下可以好好做回导游了。”在出发去意大利前，小麦这么对我说，“你最渴望看见的作品有哪些？”

“太多了。不过我最想寻找的是——米开朗琪罗。”

## 在梵蒂冈和意大利罗马寻找米开朗琪罗

我用整整一天的时间沉浸在“国中之国”梵蒂冈——这个世界上最小的国家。人们总是先被世界第二的教堂、天主教圣地之一的圣彼得大教堂所吸引。太多艺术家为其倾注了心血。从圣彼得广场到教堂内外，贝尔尼尼、布拉曼特、拉斐尔、安东尼奥·达·桑加罗、德拉波尔塔、卡罗·马德诺……你几乎得对照参考书将他们一一数过来。教堂穹顶的设计者正是米开朗琪罗。他接手该工程时已是72岁高龄。而他的“一号作品”《哀悼基督》就置于圣彼得大教堂进门右侧走廊的显眼位置。

《哀悼基督》又名《圣殇》。这是米开朗琪罗24岁时的作品，以一整块云石雕刻：圣母马利亚抱着基督的身体痛哭——完美的古典主义风格，画面恬静忧伤。这是米开朗琪罗唯一署名的作品。在圣母马利亚胸前的饰带上，刻着“佛罗伦萨人”字样，这是米开朗琪罗历来对自己的称呼。据说这尊不朽的雕塑作品历时两年才完成。两年的工夫花在一块石头上，这本身就体现了人生最崇高的意义所在。我顿时对米开朗琪罗肃然起敬。

“二号作品”《创世记》和《最后的审判》藏在梵蒂冈博物馆的西斯廷礼拜堂，这里也是教皇选举会议的秘密召开地，平时游客最为集中。懒散的意大利馆员就数在这里最敬业了，他们不停地喊着“No photo”——因为米开朗琪罗绘于穹顶天花板的《创世记》和侧壁的《最后的审判》一定会让你把脖子都看酸的。人们必须抬头仰望，而眼睛看着还远远不过瘾，谁不想将它们偷偷装进相机里？《创世记》中一共九个场景：《神分光明》、《创造众星》、《神分水陆》、《上帝造亚当》、《创造夏娃》、《原罪与逐出伊甸园》、《诺亚的献祭》、《大洪水》和《诺亚醉酒》。这些皆是出自《圣经》的故事，最熟悉的当属《上帝造亚当》了——上帝轻轻一指，亚当便拥有了生命。而米开朗琪罗的轻轻一指，让我的梦想照进了现实。

罗马城有转不完的广场、喝不完的咖啡，但很少有人知道卡比托利欧广场上有米开朗琪罗设计的台阶（Cordonata）。人们在“真理之口”和古罗马斗兽场“排队”留影，却很少有人知道“三号作品”《摩西》藏在离斗兽场不远的小巷里，位于乏人问津的圣彼得镣铐教堂内。教堂的神龛里有据说当年用来锁住圣彼得的镣铐，阳光透过天窗洒在米开朗琪罗的大理石作品《摩西》身上，泛着神光。摩西的头上长角，象征智慧光芒。我曾在一年之前的埃及之旅中，将这位“埃及王子”和“十诫”的故事好好温习了一把。

## 在佛罗伦萨寻找米开朗琪罗

米开朗琪罗的故乡在佛罗伦萨，我在抵达文艺复兴的发祥地，这座曾经被徐志摩诗意地称为“翡冷翠”的城市的第一时间，便直奔佛罗伦萨美术学院而去。

《大卫》雕像被藏在意大利佛罗伦萨美术学院中，我在门口排了很长的队才进入大卫馆中参观。那不仅仅是意大利国宝，简直是唯佛罗伦萨独有——它自诞生之日起，就没有离开过这座城市。

《大卫》可能是米开朗琪罗最著名的雕塑作品。小时候我学画，与其说没有条件画一回大卫的石膏像，不如说不够资格画这种最高难度的素描。犹记得我的美术老师说，将来等你考上了美院你就有机会了——先从简单的画起吧！所以我把阿格里巴、伏尔泰、荷马的石膏像都画腻了，仍不甘心，偷偷地临摹《大卫》的素描。如你所知，后来我并没有去美术学院，没有机会遇见“大卫”，更不敢

卡比托利欧广场上米开朗琪罗设计的台阶（Cordonata）

《哀悼基督》

《垂死的奴隶》

朱利阿诺·美第奇塑像（上）与《昼》（右下）、《夜》（左下）

洛伦佐·美第奇塑像（上）与《晨》（右下）、《暮》（左下）

《摩西》

想象自己能够近距离欣赏真正的“大卫”，这是我少年时代的一个梦想，固执顽强。

这座大理石巨像，连带基座高达 5.5 米，是米开朗琪罗在 29 岁时花两年多时间完成的。大卫身姿挺拔，怒目圆睁，迸发着巨大的能量。他本是《圣经》中的英雄少年，是个放羊的牧童，他用牧羊的投石带，打死了非利士首领巨人歌利亚，后来还统一了犹太各部落，建立了以色列王国，定都耶路撒冷。他仿佛准备迎战似的，左手紧抓住搭在肩头的投石带（很多人误以为那是块披肩）。很多艺术家都创作过大卫的雕塑。原先曾有一位雕刻家在整块巨石上创作大卫，却没有成功，米开朗琪罗正是在这块被中途放弃的大理石上完成大卫雕像的。至今在《大卫》的头部背面还留有前一个失败的雕刻家的斧凿痕迹。米开朗琪罗还有意夸张了大卫的手和脚，你会发现大卫的手脚有些不合比例地被放大了。这是米开朗琪罗的夸张技法，使得观众心目中的大卫真的好似巨人那般伟大。

《大卫》一经问世，便引起轰动。1504 年 1 月 25 日，佛罗伦萨的美术家们举行评议会，就米开朗琪罗这尊雕像的安放地点进行了讨论。最后按照作者本人的要求，它被放在佛罗伦萨市政广场上。后来雕像才被搬至佛罗伦萨美术学院。如今市政广场有一座雕像的复制品。还有一尊复制品则被安置在整个城市的制高点米开朗琪罗广场，可谓意味深长。

时隔多年，我拿起速写簿，站在《大卫》雕像前，认真地画上了一回速写。面对的不是石膏头像，也不再是临摹，这激动的心情可想而知。十年一梦，得偿夙愿，不再遗憾。我觉得，这件作品本身就传递着一种坚毅刚强、勇往直前的精神。大卫眼神坚定，注视着前方，好像在说，年轻人——保持愤怒，坚持理想。

相比热门的大卫馆，《小卫》雕像的知名度就稍显逊色。

《小卫》雕像藏在美第奇家族礼拜堂（Cappelle Medicee），离佛罗伦萨火车站不远，但若不看地图不问就很难寻着，因为它外表真是太不起眼了。这里的收藏室里便有两位美第奇爵爷的塑像，以及米开朗琪罗的《晨》、《暮》、《昼》、《夜》四座半卧像，这些都是他创作盛期最后阶段的作品。位于《晨》、《暮》上方的是洛伦佐·美第奇，而《昼》、《夜》上方的便是我早已熟知多年的朱利阿诺·美第奇，他的头发与“大卫”一样卷曲，画画的孩子都简略地称呼他为“小卫”。

从 15 世纪到 18 世纪，美第奇家族一直是意大利佛罗伦萨的实际统治者，声名显赫。绰号“豪华者”的洛伦佐·美第奇（1449–1492）及其弟朱利阿诺·美第奇（1452–1478）都是柯西莫・美第奇的孙子。文艺复兴和美第奇家族有着深厚的联系，这个家族以提倡文艺来粉饰其专制统治，凭借家资豪富，大量收集珍藏绘画、雕刻、工艺品、图书，并保护学者和艺术家。米开朗琪罗也是受庇护者之一，虽受到老师的嫉妒，却深得洛伦佐的赏识得以入宫钻研。为感激洛伦佐的恩情，1520 年，45 岁的米开朗琪罗接受枢机官的委托，建筑并雕刻装饰美第奇家庙，便有了上述的六件作品。这些工作是在 1520–1534 年间间歇地进行的。当时的意大利遭到入侵，教皇与敌人勾结争权夺势，米开朗琪罗也参与了这场与敌人和教皇的斗争。

仔细观看这些艺术真品，可以发现，洛伦佐不愧被称为“豪华者”，他的造型优雅，右臂拱起，以手背支在腿上，左手置于唇边，呈若有所思状，潇洒至极。而朱利阿诺则身披铠甲，外表刚毅、勇敢，他头部转向左侧凝视，脖子线条很美。我依稀记得学画时老师多次强调，《小卫》最难画的大概就是这弧度扭得恰到好处的脖子了。

《晨》是一个裸体女性的雕塑，体态丰满，似乎刚从睡梦中醒来；《暮》是一位中年男子，肌肉显得松弛，那饱经沧桑的脸上应该是写满了苦闷；《昼》似乎是一尊没有完成的雕像，脸部的细节模糊，痛苦中注视远方；《夜》是最富有诗意的雕像，裸体的女性正沉睡进入梦乡。乔凡尼・斯特罗茨曾写诗赞美《夜》：

> 夜／为你所看到妩媚地睡着的夜／那是受天使点化过的一块活的石头／她睡着／但它具有生命的火焰／只要你叫她醒来／她将与你说话——米开朗琪罗作诗回答：睡眠是甜蜜的／成为顽石更是幸福／只要世上还有罪恶与耻辱的时候／不见不闻／无知无觉／于我是最大的快乐／不要惊醒我／啊／讲得轻些吧

## 在卢浮宫寻找米开朗琪罗

散落的珍宝不仅只存在于意大利，你也可以在巴黎卢浮宫里找到米开朗琪罗。卢浮宫本身就是一座宝库，细细寻宝，恐怕得在里面待上整整一个星期都不够。

如果一定要言简意赅，那么卢浮宫有“三宝”，分别是《米洛斯的维纳斯》、《萨莫色雷斯的胜利女神》和《蒙娜丽莎的微笑》。断臂维纳斯位于地上一层，胜利女神在通往二楼的阶梯上，想要看一眼“神秘的微笑”则要在二楼万国大厅挤进最拥挤的人群。

米开朗琪罗的两尊雕塑几乎便紧邻美神维纳斯。那是《被缚的奴隶》和《垂死的奴隶》。创作于《摩西》的同时期，它们是米开朗琪罗为尤里乌斯二世陵墓所作的雕塑。这两位“奴隶”，我也曾在学生时代临摹过。《垂死的奴隶》又被称做《入睡的奴隶》，因为从他的脸上并未看到垂死的痛苦，反而有种解脱的安详。有人解读，他并非在迎接死亡，而是在小憩，准备着醒来后与暴力和死亡进行一番搏斗。《被缚的奴隶》则充满了反抗的精神，全身的肌肉绷紧，整体呈现螺旋形强烈扭曲状，似乎正在用力挣脱身上的绳索。米开朗琪罗总是能将石头点化成永恒不朽的作品，他让石头有了生命，栩栩如生，使“奴隶”依然活着。

这个夏天，旅行和绘画艺术，如此愉快地走到了一起。你付出了长久的炽热的喜爱，于是，它也为你开启了童年的时光之门。

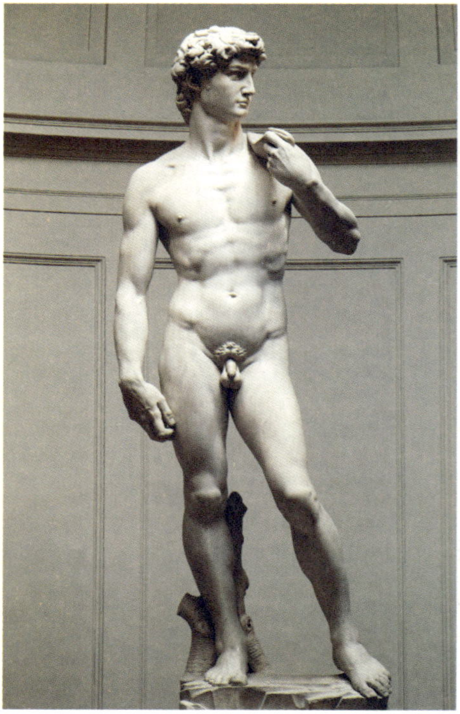

《大卫》

《被缚的奴隶》

# 双城记

“凡是遥远的地方，对我们都有一种诱惑，不是诱惑于美丽，就是诱惑于传说，即使远方的风景，并不尽如人意，我们也无须在乎，因为这实在是一个，迷人的错。”那么，熟悉的地方就没有风景吗？熟悉的地方，当真有你以为的那般熟悉？

有人说，旅行就是从你待腻了的地方到别人待腻了的地方去。这观点和汪国真所说“熟悉的地方没有风景”有异曲同工之意。但我以为，这话其实只有一半的道理，熟悉的地方当然也可以有风景的，很多你认为熟悉的眼前的世界，当真有你以为的那么熟悉吗？

譬如我所居住的城市——上海。我生在这里，长在这里，是不是对她就再熟悉不过了呢？有多少人和我一样，认为熟悉的上海真的没有了风景呢？上海很小，不，上海太大，人们不都称呼她“大上海”吗？

我向来以为，上海的旅游资源是比不得京城的，没有北京那种厚重博大的历史感。真如汪国真的诗言，“凡是遥远的地方，对我们都有一种诱惑，不是诱惑于美丽，就是诱惑于传说，即使远方的风景，并不尽如人意，我们也无须在乎，因为这实在是一个，迷人的错”。于是我一次次远行，到远方去寻找风景了。至于眼前，熟悉的地方没有风景。但偶尔又会反问自己，对这座城市有多少熟悉呢？十七个区县都一一涉足过吗？作为上海人，又能传承什么上海文化呢？如果不是每学期要绞尽脑汁思考带学生去一些新鲜的地方考察写生，我也不会踏上上海的崇明岛，之前更是从来没听说过像青浦金泽这样宁静的水乡古镇。

而我所工作的大学城，也无非是个“岛屿”。所以如果细细思考，我对上海也并没有多少熟悉。也许“熟悉”的地方有很多风景，只是我们视而不见。

大学城位于松江，这是2000年后的新兴产物。为了应对大学扩招，上海在部分郊区兴建了不少“大学城”。大学毕业后我便来到了松江，却从来都将松江和上海市区作为“双城”来看待。出于各种理由，我相信有不少人是这么看待松江与上海市区这两者的。当年来这座“岛屿”面试工作时交通十分不便，就曾感叹，倒腾好几辆公交车所花费在路上的时间，漫长到让我感觉时光凝滞。彼时真的要花上小半天——即使是今天有了地铁的便利，从市区人民广场到达松江大学城，差不多仍需要1.5个小时。尽管从辖区意义上来说，松江区当然隶属于上海市。但很多松江人说起进市区，常常会说，“进城去”、“去上海”。1958年以前，松江属于江苏省。更早的说法，松江乃“上海之根”，盖华亭县也。松江有自己历史的骄傲与荣耀。

松江和上海市区，乃是“双城”。

双城，于我而言，没有什么褒贬之意，只是觉得成年后独立，在双城之间奔波穿梭，是那么顺理成章的事情。我从小生长于上海市的东北一隅，成年之前大部分的活动范围囿于虹口和杨浦。如今从地图上看，西南角的大学城与我家可以画一条贯穿上海的对角线，而仅大学城到市中心人民广场这一段，就有约35公里。

有一次我突发奇想，对妻子小麦说，我们那么爱徒步，哪天有空，要不从松江走回市区去？这个大胆的想法居然得到了她的同意，她甚至比我更加兴致盎然。从西南角至东北角，差不多将近50公里，足见上海之“大”。但从双城的概念来说，民国时期，江苏松江的老百姓不少挑着担子去上海城里做买卖，也是常有的事。不算太远的过去，亭林、叶榭的人们到松江，松江的人们到闵行，靠脚力，不是什么问题。倒是交通便利的今天，我一直对于“地面交通”无甚认识。对于习以为常，不证自明的东西，我们毫不怀疑——可若是真的步行，怎么走到上海市中心呢？

我拿“五一”假期来作了实践。很多朋友举家出游去了，去看远方的风景。我则在网上打印出线路来，决定和小麦看一看所谓“熟悉的地方”的风景——来一回双城暴走记。

就从松江大学城走到市区人民广场，35公里。有朋友诧异，这是类似于“一个鸡蛋的暴走”的公益活动吗？为慈善，为赈灾？我倒觉得，其实很多事情，何必去想它有什么大意义呢？为了意义去做某件事，是有境界，但这不是我推崇的境界。人生有很多事情是没什么大意义的。我只是想看看从松江大学城走到市中心，那35公里究竟是什么样的概念。就在大家都以为只能在远方看风景的时候，也回来看看自己生活的这座城市。或许在别人看来，还挺犯“二”的。

不为无益之事，何遣有涯之生？

人生很多事，只须往前走。达到达不到，走走，就知道了。

早上8点45分，我们有说有笑正式上路。从松江大学城走上嘉松南路，这时候太阳已经升得很高了。天气预报说这天有小雨转中雨，但是明显那场雨迟到了，城市有些灰霾，空气湿度不太理想。果然当真走起来，才发现那路途远比地

从松江大学城出发

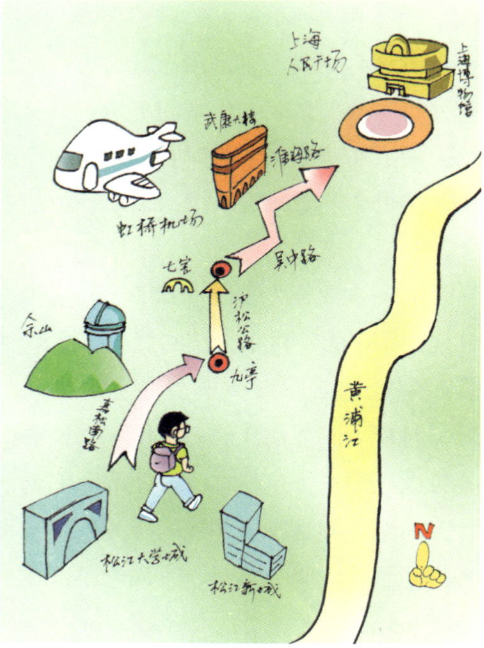


双城记徒步路线图

9 号线洞泾站周边一派田园风光

杜重远寓所

余庆路——梧桐树下的老味道

图上看起来的漫长。花了40分钟才走上第二条公路——沈砖公路，而作为“郊区”的松江区洞泾镇和泗泾镇比想象的更加广袤。田园风光虽然让人心旷，但毫无遮蔽却难以让人神怡。10点15分，在路过一个公共厕所进去洗了一把脸后，我们走上了漫长的沪松公路。我们想象着就像在尼泊尔博卡拉徒步，走过一段平缓的道路，在溪水中洗了脸后，慢慢开始爬有台阶的山路了。这感觉，差不多吧？

上海图书馆

沪松公路，顾名思义，连接着上海市区与松江。这条公路真够长的。而工业化、汽车废气也让我们扫兴极了，更多的城乡接合的感觉扑面而来。不知走了多远，随着沿途的轻轨轨道慢慢没入地下，便到了松江区九亭镇。徒步已经过去三个半小时，12点15分，该是午餐的时间。我原本以为一鼓作气就能轻松走到闵行七宝的呢，其实只是走到松江九亭，好像孙悟空翻不出如来佛的手掌心。在一家装潢不错的泰式餐厅用了午餐，我们诧异其生意之萧条。或许其等同于市中心餐饮价格的定位，对于这片外来人口导入之地而言，明显过高了？周边多的是水饺店、豆浆店和沙县小吃，也许更能满足人们的需求。一路上可供调研的话题还真不少，我们的区长或政府部门工作者是不是也可以来暴走一回？一顿午饭让我们气力大涨，下午1点，我们继续上路，没花一个小时，便到达了七宝镇。天空中划过的不断下降的民航客机，提醒我们这里离虹桥枢纽其实很近。在COSTA 喝了一杯咖啡后，我们离开了繁华热闹的七宝，此时应该恰好完成“半程马拉松”了。走上吴中路，凉风拂面，心情好了许多。

吴中路的长度似乎并不亚于我们走的那段沪松公路。从一头走到另一头，大约要花上两个半小时。经过位于番禺路的交通大学，转至淮海西路时，已是 17 点 10 分。我们在淮海中路上海图书馆附近随便吃了一些羊肉水饺，给疲劳的双脚一个喘息的机会。我那个装着相机和笔记本电脑的背包给肩膀增添了不小的负担，而回想我们在巴基斯坦徒步的时候，背上的负重并不比现在轻松，所以最后前往人民广场的 5 公里路程，实际上无非需要的是一点毅力。

上海图书馆外一景

18 点 30 分，淮海路上华灯初上，都市“森林”的繁华与浪漫，莫过于此。淮海路走过那么多回，可能从没那么累过吧。不过看见“好风景”，我仍会停驻下来，用相机作记录。19 点 45 分，我们完成了走到人民广场的目标。小麦很了不起，一天里没喊过一声想要中途放弃。

双城记，11 个小时，徒步 8.5 小时，35 公里的距离。从城市田园到都市“森林”。从松江到上海市区。如果你问我，值得吗？我会告诉你，其实这不正是我们常常在远方旅行时做的一件事情吗？在夏季的罗马城，在安纳普尔纳山区，在阿尔卑斯山马特洪峰，

武康大楼

宋庆龄故居外景

逸村弄内 2 号，蒋经国曾居此地

优秀历史建筑——逸村

淮海中路上的花园里弄住宅

上海乌南幼儿园

在路口歇脚

武康大楼

在巴基斯坦和印度……我们有时会一天走上10个小时，有时会连续走上好几天，竟也从不感觉无趣。所谓风景，松江到上海市区，也有我不曾见识过的风景。所谓体验，每一段过程都有体验。行走的时候，更容易产生哲学性的思考。

熟悉的上海——外白渡桥

我生长在上海，在“双城”中生活、工作，但也许对它还不够了解。而这一天，至少让我对“双城”多了一些熟悉，看见了城市化推进的步伐，看见了城乡接合部慢慢外移的趋势，看见了老上海气质依旧的老马路并没有多少改变……

这段道路，后来我又用自行车骑过，只需要两个半小时。因为有过徒步经历，自行车的“双城记”就显得格外轻松。但假如你和我一样，觉得熟悉的地方也可以有风景，那么就应该试着去探索一下。或许是一段从来没有经历过的“暴走”，或许你也会喜欢这样的“毫无意义”。

# 骑回18岁

经过一轮12年的等待，我该启程了，是时候去尝试一下“一直想做而不敢做的事”了，去路上找回我的18岁，骑回18岁。当我穿越时空，遇见18岁的自己时，我便成为自己的偶像。这是一次真正的回归之旅。

18 岁，我第一次去西藏时，在拉萨遇见当时骑车到雪域圣城的骑行者们，心中便有无限的敬佩之情。后来很多次，我都在前往藏地的路上遇见各路“大侠”，有骑青藏线、川藏线、滇藏线、新藏线、中尼公路的，甚至还有骑行喀喇昆仑公路的。在表达“了不起”和“加油”的祝福同时，我也常常问自己，“我是否也有这样的能力，有勇气用骑单车的方式去西藏？”尤其是当飞机、火车等现代交通工具让天堑变通途的今天，西藏神秘的面纱被渐渐揭开，前往西藏旅行慢慢变成一种“时髦”时——骑行这种方式带来的特殊体验，反而别有一番滋味。

## 零起点，青海湖畔适应性训练

说起我想要骑车去拉萨，起初还真有些“不知天高地厚”的味道。对于骑行，我完全是零经验、零起点——既没骑过长途，也不会修车，对骑行所需的工具装备也一概不清。难怪朋友们都表示诧异。“这是不可能的事，你骑不了一天就会放弃！”“这事成功的概率最多 30%！”“哇，你疯了吗？骑车去西藏？到底是怎么想的！”这像极了我 18 岁独自去西藏前受到的质疑。我觉得，经过一轮 12 年的等待，我该启程了，是时候去尝试一下“一直想做而不敢做的事”了，去路上找回我的 18 岁，骑回 18 岁。

很幸运，我找到我的学生蔡小山，他恰好也有夏天骑车走青藏线的打算——这时节川藏线的路太烂了，后来通麦大桥的垮塌也证明了雨季里川藏线有多么危险。我们约定在青海省省会西宁见面，他备齐了一些基本装备，在抵达西宁的第一时间，我们便去专卖店购置了两辆崭新的美利达公路自行车。

2013 年 7 月 20 日，当我们正式从西宁出发，骑上 109 国道时，我还是个连变速换挡都不会的“菜鸟”。首先就是边骑边掌握基础的本领，并和爱车进行“磨合”——最重要的是进行适应性训练。头三天的骑行，总计约 330 公里，主要是在青海湖畔。而环青海湖骑行是非常热门的线路，一路上你会看见，男女老少各种骑友，他们纷纷轻松地把你超越。骑行最初的两天，当然是浑身酸楚，还要面对翻越日月山、橡皮山的考验。

可贵的是，我毕竟骑车上路了。别说“不可能”，我也曾怀疑过自己能否坚持到终点，但是不尝试，又怎么知道自己究竟可以走多远呢？当你迈出第一步的时候，其实你已经击败了这次骑行之路上最大的对手——内心的恐惧。熬过了第一阶段三天骑行的“疲劳期”，我们便渐渐进入了骑行的节奏和状态。

第四天，我们从茶卡搭一辆皮卡穿过了柴达木的茫茫戈壁，来到473公里之外的格尔木市。适应性训练完毕，这才开始真正的挑战。

## 向前唐古拉，你需要的只是战胜自己

青藏公路格尔木—拉萨段是骑行青藏线的核心和精华路段，通常需要10–14天才能骑完。其间要翻越昆仑山、风火山、唐古拉山、头二九山、申格里贡山、念青唐古拉山等好几座海拔较高的山口。不同于两天就能跑完1100多公里的汽车，在平均海拔超过4000米的公路上，自行车每天只能骑100公里左右，有时候根本无法按计划落脚在像样的城镇。

甚至在来到第二阶段的骑行目标——青藏线最高点，5231米的唐古拉山前，我们就经历了各种各样意想不到的考验。譬如随时降临的冰雹会打乱计划让我们不得不在道班借宿过夜；在听闻可可西里一带常有狼群出没后，我们直接打消了想赶夜路的危险念头；自行车终于在路上爆胎，必须赶鸭子上架现学现用补胎换胎……

在唐古拉兵站的夜晚，我们看见了璀璨的星河，那也是骑行路上最好的福利。夜空就像是镶满了宝石的深蓝色幕布。银河是如此清晰地悬挂在你面前。流星一颗接着一颗划过天幕。这是在大城市生活的人们前所未见的，更是“追星客”梦寐以求的。记忆中，我只在西藏林芝、黑龙江漠河、巴基斯坦北部冰原看见过这么多星星。这一刻，你能感觉到的除了地球的微小，便是人类的渺小。仰望星空，我们细碎如尘埃，仰望星空，惟有梦想才同样灿烂。

越艰难的时候，也越能突破自我的极限。在骑行12天后，我们顺利地翻越了5231米的唐古拉山口，进而在同一天内又连续翻越了5170米的头二九山，一举刷新里程纪录抵达西藏安多县。翻越大山的时候，其实你战胜的不是大山，你只是战胜了你自己。而青藏线上的无数座大山，就象征着你人生中会遇到的各种困难、坎坷、挑战，你无法回避也不该中途轻易放弃，你所要做的就是像克服地心引力那样克服并突破那些障碍。是的，你所需要的其实只是战胜你自己！

夏天，青海湖畔油菜花开了

我的红色坐骑——美利达领航者 300

骑行突破青藏线的最高点，5231 米的唐古拉山口

## 羌塘草原，不“骑”寻常路

在进入西藏界后，我们临时改变了骑行的线路。离开109国道，进入安多县以西的措那湖探险。如果为了骑行而骑行，每天只是低着头机械地赶路，忽略了沿途的美丽风光，那也是得不偿失的。这便是我们决定深入羌塘草原的原因。

与青藏公路一直依偎、交叉、平行的青藏铁路在这一带居然作了短暂分离——铁路沿着高原圣湖措那湖前行，公路则盘旋申格里贡山而上。措那湖是一个还未经旅游开发的高原圣湖，不同于名声斐然的纳木错，它还没被圈地售门票，也鲜有游客会专程去看它。我们依靠手机导航，并通过草原上牧民的指路，才骑上火车路基旁的便道，开始非同寻常的探险之旅。

比起109国道平整的柏油路面，火车轨道旁的便道几乎由碎石和沙土构成，自行车在上面蹦蹦跳跳，非常刺激。偶尔还要蹚过几条湍急的小溪。骑行半天才来到措那湖边，宽阔的湖岸边空无一人。在湖畔静坐一下午，也只有偶尔经过的火车来与我们作伴。回想那时候，天空是你的，大地是你的，蔚蓝的湖面也是你的，惬意地咬半截黄瓜，在草地上睡个午觉也无妨。

不“骑”寻常路的代价就是，你得烦恼天黑前找哪里住宿才好。在茫茫草原上，可没有挑肥拣瘦的余地。是夜，我们借宿在措那湖边铁路道班的一顶军用帐篷里。帐篷里气氛热烈，我们与大叔们一起吃面片，一起聊天——他们也乐坏了，因为这里游客可不常见。

在草原兜兜转转两天，我们才又重新回到109国道，再一路猛骑至藏北重镇那曲。

## 拉萨再见，再见拉萨

拉萨已近在眼前，我们用破纪录的一天翻过了念青唐古拉山，将单日里程数刷新至150公里。在骑行的第17天下午，赶在拉萨雪顿节前一天，我们终于抵达了这座“日光之城”。

我们骑行至拉萨的布达拉宫广场上，拍照留念。这时候我才发现，高原的紫外线是那样强烈，17天来，自己已经被晒黑得不成人样，完全可以冒充藏族同胞了。而骑行也消耗了我身上多余的脂肪，“瘦成一道闪电”的目标也得以实现。

这是我第五次来到拉萨，这座城市让我感到既熟悉，又陌生。熟悉的是蓝天白云，熟悉的是布达拉宫、大昭寺、小昭寺和八廓街，熟门熟路地找到朋友在仙足岛上开的家庭客栈，与老朋友们吃饭、喝酒、聊天。陌生的是满大街游人如织，旅行团聒噪喧哗。去一趟布达拉宫越来越难，市区的酒店住宿价格飞涨，而旺季里拼车包车去往哪里都变得便捷而直接。旅游业的繁荣，必然为这座城市带来各种积极的和消极的影响。

我想，在某种程度上，我已经骑回 18 岁了。我依然清晰地记得自己 18 岁时的模样，依然在心里怀念十多年前的拉萨。当我穿越时空，遇见 18 岁的自己时，我便成为自己的偶像。

然后，我得继续向前走。

站在拉萨这个坐标上，我对自己说：“18 岁再见，再见 18 岁；拉萨再见，再见拉萨！”

唐古拉兵站，璀璨星河

骑到了羌塘草原措那湖

30 岁的我，在措那湖边

# 后记

离开上海的时候，城市的上空还飘着雪花。待我从澳大利亚旅行回来的时候，北半球已经迎来了春天。和那些“说走就走”的旅行不一样，我很清楚这一站目的地的梦想始于何时，又终于在怎样的际遇下如愿抵达——尽管，我还不知道，下一站，我会去哪里，邂逅哪座城市，与谁相遇。但那又有什么关系呢？你注定会继续上路，会看见注定的风景，我在心里对自己这么说。

这也是本书贯穿始终的主题。

在这个交通便捷、文化多元的时代，人们变得比过去任何时候都“想得开”——渴望走出去看风景。我愿意相信的是——旅行，是身心的结合，并不是简单的“到此一游”和“买一大堆纪念品”就完事了，也并不是“从你待腻的地方到别人待腻的地方”去瞧一瞧。我更看重领悟和收获，即作为文化的个体，是可以在不同的文化交流、碰撞、融合后变得更为成熟和丰满。在大自然和多元文化的作用下，我们也更容易重新定位自我，发现自我，认识自我。出发，是为了在路上遇见更好的自己，以更好的状态回到现实生活中来。

这些观点有机会得以阐述，本书能够顺利出版，得益于东方出版中心的垂青和大力支持；责任编辑张芝佳对本书做了大量的校勘工作，从文字到数据，从插图到摄影配图，她都与我再三确认与核对，令我深为感动，在此致以谢意。

诚然如此，每一篇游记的完成，也是对一段旅行的总结，感悟虽值得分享，但涉及的旅游情报和资讯却停留在了当时，仅供一时之参考。由于水平有限，书中疏漏和不当之处在所难免，敬希读者批评赐教。

在寻找注定只属于你的风景的时候，我也祝福你——在路上，随缘、遂愿便好。

是为后记。

唐小六

2014 年 5 月 1 日

图书在版编目（CIP）数据

你注定会看见的风景 / 唐小六著. -- 上海：东方出版中心，2014.7
ISBN 978-7-5473-0692-5

Ⅰ. ①你… Ⅱ. ①唐… Ⅲ. ①游记—作品集—中国—当代 Ⅳ. ①I267.4

中国版本图书馆CIP数据核字(2014)第151292号

责任编辑 张芝佳
设计排版 董 伟

你注定会看见的风景
唐小六 著

出版发行：中国出版集团 东方出版中心
地 址：上海市仙霞路345号
电 话：021-62417400
邮政编码：200336
经 销：全国新华书店
印 刷：上海书刊印刷有限公司
开 本：720×1020毫米 1/16
字 数：203千
印 张：12.5
版 次：2014年7月第1版第1次印刷
ISBN 978-7-5473-0692-5
定 价：38.00元

版权所有，侵权必究

东方出版中心邮购部 电话：52069798